U0721453

书有道 • 阅无界

策划出品 | YUEKE 阅客

苏东坡寓惠文化书系

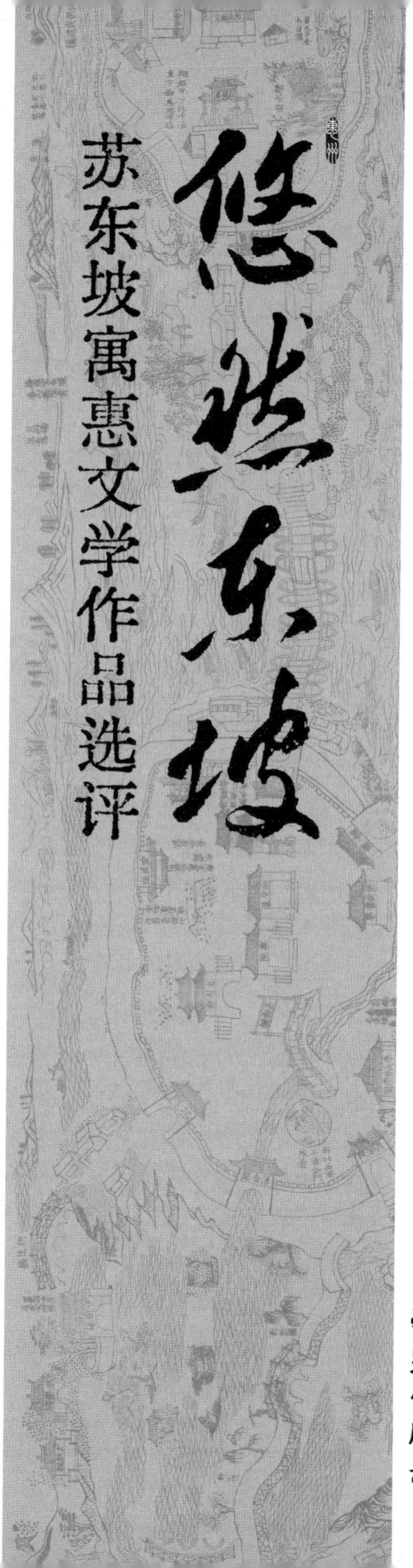

# 悠然东坡

## 苏东坡寓惠文学作品选评

惠州市文学艺术界联合会　惠州市文艺评论家协会◎编

邹雄彬◎主编

學苑出版社

**图书在版编目（CIP）数据**

悠然东坡：苏东坡寓惠文学作品选评 / 邹雄彬主编 .
北京：学苑出版社，2025．3．-- ISBN 978-7-5077
-7137-4

Ⅰ．I206.2

中国国家版本馆 CIP 数据核字第 2025LR4627 号

**出 版 人：** 洪文雄
**责任编辑：** 许　力
**出版发行：** 学苑出版社
**社　　址：** 北京市丰台区南方庄 2 号院 1 号楼
**邮政编码：** 100079
**网　　址：** www.book001.com
**电子信箱：** xueyuanpress@163.com
**联系电话：** 010-67601101（营销部）、010-67603091（总编室）
**印 刷 厂：** 深圳市精彩印联合印务有限公司
**开本尺寸：** 710 mm × 1000 mm　1/16
**印　　张：** 13
**字　　数：** 190 千字
**版　　次：** 2025 年 3 月第 1 版
**印　　次：** 2025 年 3 月第 1 次印刷
**定　　价：** 88.00 元

## 编委会

主　任：田茂真

副主任：李长林　邹雄彬

主　编：邹雄彬

副主编：申东城　祁大忠　肖向明　雪　弟

编　委：田茂真　李长林　邹雄彬　申东城　雪　弟
　　　　祁大忠　肖向明　徐　威　蒋晓煜　陈惠璇
　　　　邓见柏

撰　稿：申东城　祁大忠　邹雄彬　肖向明　江　泓

插　图：郝文昕

# 前 言

在华夏文明的璀璨星河中，苏东坡犹如一颗永恒闪耀的恒星。而惠州，这片岭南沃土，恰是这颗星辰轨迹中最温润的栖息地。本书以东坡寓惠诗文为经纬，织就一幅文脉与地脉交融的锦绣长卷，试图在千年后的今天，重新叩响这位旷世文豪与岭南名郡的灵魂共鸣。

当绍圣元年的秋风卷起汴京的落叶时，五十九岁的苏轼背负“讥斥先朝”的罪名踏上南迁之路，却未曾料到这趟“天涯流落”的旅程，竟成就了中国文学史最动人的精神突围。惠州以其“山水秀邃，风气和淑”的怀抱，将政治放逐转化为诗意栖居。在这里，他不再是被庙堂放逐的罪臣，而是“此心安处是吾乡”的赤子。书中精选的三十二篇诗文，字字印证着东坡从“泪横斜”的怅惘到“不辞长作岭南人”的豁达蜕变。这种“坐看沧海起扬尘”的生命境界，恰如罗浮云海般气象万千，在贬谪文学中树立起不可逾越的精神标杆。

寓惠两年又八个月，苏东坡完成了对传统贬谪书写的超越。他笔下的惠州，既有“日啖荔支三百颗”的味觉狂欢，也有“一更山吐月，玉塔卧微澜”的月夜禅思。本书特别关注其创作中的三重维度：民生书写的温度，山水审美的深度，以及哲思升华的高度。当他在《西江月》中写下“中秋谁与共孤光”时，不仅是悼念朝云的凄婉绝唱，更暗含对永恒存在的终极叩问。这种将个人悲欢升华为人类共通情感的创作特质，使惠州诗文成为打开东坡精神宇宙的密钥。

东坡与惠州的关系，堪称中国古代文人“在地化”的典范。他捐犀带筑东新、西新二桥的义举，将儒家济世情怀浇筑成横跨东江的永恒彩虹；对荔枝、羊蝎子等岭南风物的诗意转化，开创了饮食文学的新范式；而“梦想平生消未尽，满林烟月到西湖”的吟咏，更让丰湖嬗变为文化意蕴深厚的惠州西湖。本书通过文本细读揭示：正是这种“我见青山多妩媚，料青山见我应如是”的互动，让惠州从地理坐标升华为文化符号，使东坡在完成地域书写的同时，也被这片土地永久地重塑。

在狂飙突进的当代社会浪潮中，苏东坡寓惠文学中蕴含的生存智慧愈发显现出穿越时空的力量。本书的评注特别注重挖掘三个现代性命题：如何在逆境中保持“此邦宜著玉堂仙”的审美心境？怎样实现“以彼无尽景，寓我有限年”的生命超越？又当以何种姿态完成“浩然天地间，惟我独也正”的人格建构？这些问题的答案，潜藏在东坡与樵夫共饮的村醪里，在飞跨江海的石桥倒影中，更在那卷被荔枝汁液浸润的诗稿字句间。

本书的编纂，既是对东坡文化基因的解码工程，更是为当代读者架设的一座通向传统精神家园的桥梁。当我们循着苏东坡诗文中的蛛丝马迹，重走白鹤峰下的青石小径，仰望泗洲塔畔的皎皎明月时，或许会感叹：苏东坡留给惠州的不仅是文学遗产，更是一种将苦难酿成诗酒的生命哲学。正如苏东坡在逆境中展现的乐观豁达态度，这种在绝望中播种希望、在局限里创造无限的精神火种，正是中华文明生生不息的精神动力。

邹雄彬

2025年3月

# 目录

# 伤春悲秋会有时　此恨绵绵无绝期

评《蝶恋花　春景》

## 东坡原作

### 蝶恋花　春景

花褪残红青杏小。燕子飞时，绿水人家绕。枝上柳绵吹又少。天涯何处无芳草。

墙里秋千墙外道。墙外行人，墙里佳人笑。笑渐不闻声渐悄。多情却被无情恼。

## 现代译文

初夏时节，红花已经凋零残衰，杏树结子且又青小。燕子初飞，绿水环绕人们的住宅。枝上如絮的柳绵被风吹落，越来越少了。春色已晚，芳草萋萋，布满天涯。

小园墙内有秋千，墙外有条小路。墙里的美人荡着秋千，并发出欢乐的笑声，这笑声感染了墙外的行人，他驻足聆听，不舍离开。墙内美人的笑声渐渐听不到了，墙内外恢复了寂静。而多情的墙外行人因美人无情地离开而烦恼。

## 评析鉴赏

关于此词创作时间地点，各注家有争议和存疑。有的注本不编年，以为不知何时何地创作；有的认为作于宋熙宁九年（1076）密州知州任内；有的认为宋绍圣二年（1095）春作于惠州；有的认为宋绍圣元年（1094）闰四月罢定州知州责知英州、启程南下途中作。笔者认为张志烈教授“南下途中作”说法较优，兹从之。认为此词作于宋绍圣元年（1094）闰四月东坡罢定州知州责知英州，启程南下途中。

从东坡一生情绪变化看，“多情却被无情恼”的感受，最集中体现在他被罢定州知州任遭贬谪的时候。宋元祐八年（1093）九月三日太皇太后高氏崩，宋哲宗亲政，开始重用打着“继述”旗号的新党人物，对元祐人士进行打击。九月下旬，东坡出知定州，宋朝旧例当上宫殿向皇帝当面告辞，而哲宗降旨不允许见面且催促他离开。次年四月十二日改元“绍圣”年号，即绍述神宗皇帝熙宁、元丰圣政之意，表明“新旧党争”（新法改革派与旧党保守派之间的斗争）以“元祐党人”（哲宗元祐年间执政的旧党一群人）失败告终。闰四月三日，东坡被新党人物谗言加上“前掌制命语涉讥讪”（掌知制诰时发布任命的语言涉及讥讽讪谤朝廷）罪名，被免去端明殿学士兼翰林侍读学士职位，以左朝奉郎官阶降职为英州（今广东省英德市）知州。这次东坡贬官前后，旧党人士纷纷落职遭贬：三月四日宰相首辅吕大防贬知颍昌府，两天后改知永兴军；三月二十六日参知政事（副宰相）苏辙贬知汝州；四月中旬侍讲学士范祖禹出知陕州；紧接着宰相范纯仁出知颍昌府；闰四月十三日礼部侍郎孔武仲出知宣州；四月十四日工部尚书李之纯出知单州（今山东省菏泽市单县）。

东坡此词就写于上面这批元祐旧党大臣被逐出朝廷的暮春、初夏时节。上阕伤春，下阕伤情。上阕言红花凋零，青杏初结，燕子飞动，水绕人家，柳絮日少，普天芳草，繁华易逝。花褪残红：花瓣落尽。小：毛本作“子”。飞：一作“来”。绕：一作“晓”。柳绵：柳絮。《离骚》：

"何所独无芳草兮，尔何怀乎故宇。"残春景象中透出无限伤痛之情，寓含对朝局变换的感叹，"枝上柳绵吹又少"暗含元祐人士渐被逐出朝廷。"天涯何处无芳草"言春天已晚，芳草遍布天涯，既有淮南小山《招隐士》"王孙游兮不归，春草生兮萋萋"之意，感叹元祐同僚都被贬谪外任；又有楚辞"香草美人"之比喻（战国时期楚国屈原《离骚》多使用"香草美人"意象，以美人比喻君王或自己，以香草一方面比喻指人品高洁的君子，另一方面与"恶草"相对，象征政治斗争的双方）。

下阕写墙外行人的"多情"和墙里佳人的"无情"，并将墙里佳人的"笑"与墙外行人的"恼"做对比，将生活场景上升到哲理思辨高度，从而寄托内心复杂的感受。秋千：古代就有的一种游戏设备。道：道路，人行道。悄：寂静无声。多情：指"墙外行人"。无情：指"墙里佳人"。却被：反被。却：倒，仅。唐代胡曾《汉宫》："何事将军封万户，却令红粉为和戎。"（戎：戎羌，西部民族古代称呼）"多情却被无情恼"正是东坡虽始终忠君爱国但却多次遭贬的写照。全词写景叙事，词中有画，情感丰富，语言优美，比兴神妙，风调缠绵，寄托之意在有无之间，若即若离，曲尽其妙，含蓄表达出作者仕途坎坷、漂泊天涯的失落心情。此词具体阐释为：上阕"花褪"句言花落衰残，青杏结子尚小。"燕子"二句描述燕子初飞、绿水环绕人家住宅；"枝上"二句是此词核心意象，柳绵指代元祐大臣，芳草喻正人君子，元祐诸人被贬谪逐出朝廷，像天涯芳草一样遍布全国各地。下阕"墙里"二句言墙外行人驻足听墙里荡秋千佳人的笑声，被佳人的笑声感染，对其倾心。"笑渐"二句谓佳人无忧无虑的笑声渐渐远去，墙里佳人并不知道墙外有这么个多情的行人，墙外这个多情男子因墙内那佳人的无情而烦恼。清代王士祯《花草蒙拾》赞此词："恐屯田（北宋大词人柳永，字屯田）缘情绮靡，未必能过。孰谓坡但解'大江东去'耶？髯真是轶伦绝群。"

《冷斋夜话》载：东坡《蝶恋花》词云："花褪残红青杏小……"东坡贬谪惠州，只有朝云随行，朝云日诵"枝上柳绵"二句，都会为东坡流泪，哪怕是生病很严重时，还常口诵之。东坡作《西江月》悼念她。

《林下词谈》载：东坡在惠州与朝云闲坐，当时秋霜初降，落木萧萧，凄然有悲秋之意，他让朝云把大白乐器，唱“花褪残红”。朝云歌喉将啭，已泪满衣襟。东坡问她为什么会这样，朝云回答：“妾所不能唱的是‘枝上柳绵吹又少，天涯何处无芳草’也。”东坡皤然大笑说：“我正悲秋，而你却又伤春了。”就停止了唱词。朝云不久染病而亡，东坡终身不再听此词。

# 宦游直送江入海

评《舟行至清远县，见顾秀才，极谈惠州风物之美》

## 东坡原作

### 舟行至清远县，见顾秀才，极谈惠州风物之美

到处聚观香案吏，此邦宜著玉堂仙。
江云漠漠桂花湿，梅雨翛翛荔子然。
闻道黄柑常抵鹊，不容朱橘更论钱。
恰从神武来弘景，便向罗浮觅稚川。

## 现代译文

惠州人都会欢迎曾经随侍皇帝的我，这个地方适合我这个翰林学士居住。

江上的云彩朦胧而神秘，湿润了岸边盛开的桂花。清凉的梅雨润物无声，成熟的荔枝如同火一样燃烧。

听说惠州的黄柑数量非常多且价格便宜，可堪用之掷打乌鹊；惠州也盛产朱橘并价格低廉。

我恰如脱掉朝服悬挂神武门辞官的陶弘景一样，这次惠州之行，期待能有机会到罗浮山寻找炼丹隐居的葛洪旧迹。

## 评析鉴赏

此诗作于宋绍圣元年（1094）九月东坡寓惠途中。过罢赣粤交界之处的大庾岭，东坡乘船沿北江顺流而下。行至清远时，看见岭南都是青山绿水，气候宜人，十分宽慰。更令东坡高兴的是，一位姓顾的秀才还热情地向他介绍了惠州的风物之美，让从未到过岭南的他充满了憧憬。或许，此时的东坡会想起十年前赠予好友王定国侍妾寓娘的词句："试问岭南应不好，却道，此心安处是吾乡。"

下笔不是状摹岭南的风物，而是先表达自己的心情，还在脑海中勾画了自己到达惠州的画面——"到处聚观香案吏，此邦宜著玉堂仙"。生性乐观、幽默的东坡，虽然不再是皇帝身边的重臣，但好歹做过翰林学士。这样博学多才的人士，怎么会不受欢迎呢？接下来的"江云漠漠桂花湿，梅雨翛翛荔子然。闻道黄柑常抵鹊，不容朱橘更论钱"，先写远处的江云、桂花、荔枝，然后落脚到黄柑、朱橘。到底是声名远播的美食家，走到哪里都不忘满足一下口福。"恰从神武来弘景，便向罗浮觅稚川"句，继续设想未来的生活，虽然贬谪岭南，但既来之则安之。陶弘景归隐田园、葛洪（稚川）投身山林，予以东坡很多思考、启迪。他尤其对崇尚道家思想的陶渊明钦佩有加，认为其"欲仕则仕，不以求之为嫌，欲隐则隐，不以去之为高；饥则扣门而乞食，饱则鸡黍以延客。古今贤之，贵其真也"，还说"吾于诗人无所甚好，独好渊明之诗"。到达惠州后，东坡吃遍惠州美食，还写了很多和陶渊明的诗歌，黄庭坚非常形象地谓之"饱吃惠州饭，细和渊明诗"。

话题回到作品标题上，"舟行"二字，某种程度上是东坡一生行迹、心迹的真实写照。东坡一生三次出蜀、两次返蜀，陆路和水路都走过。他还在密州、徐州、湖州、登州、杭州、颍州、扬州等地担任过地方官员，游历的地方更是不计其数，足迹遍布大江南北、中原岭海，"出没风波里"是他生活的常态。此次贬谪岭南，他从河北定州出发，水路兼程，最终抵达惠州。在江西渡赣江时，他还写过一首《八月七日初入赣过惶恐滩》："七千里外二毛人，十八滩头一叶身。山忆喜欢劳远梦，地名惶恐泣孤臣。长风送客添帆腹，积雨浮舟减石鳞。便合与官充水手，此生何止略知津。"翻译成现代文，大意是："我这个从七千里外贬谪来的头发斑白老人，就像一叶孤舟漂泊在险恶的十八滩头。我思念故乡的山水，经常忧思成梦，船到惶恐滩更让我忧伤。狂风吹拂着船帆，鼓起来'大腹便便'，雨水暴涨，不见了水流石上的波纹。我应该去做官府专门的水手，因为一生见过了太多的风浪。"全诗九曲回肠而婉转沉着，寓爽利于沉郁，化悲情为豁达，由此可见东坡旷达精神和人格魅力。

渡过赣江，便是大庾岭、骑田岭、萌渚岭、都庞岭、越城岭等五岭（南岭），而大庾岭是唐宋贬官南下的主要通道。在古代，五岭不仅是中原、岭南地理学意义上的分界线，也是中原文明与岭南文明的分水岭，更是很多南下贬官的一道心里关口。关山难越，谁悲失路之人？萍水相逢，尽是他乡之客。在唐宋诗人笔下，这条路是险途，走在这条路上的多是"失路之人"。关于五岭，诗人有很多类似描写，如"人稀鸟兽骇，地远草木豪""天长地阔岭头分，去国离家见白云""蜀道如天世路稀，那知五岭与云齐"等。东坡是翻越大庾岭，然后坐船到达清远的。他写过一首《过大庾岭》："一念失垢污，身心洞清净。浩然天地间，惟我独也正。今日岭上行，身世永相忘。仙人拊我顶，结发受长生。"气象、意境完全迥异于其他诗人，其中的"浩然天地间，惟我独也正"之句，何其壮也！

古时交通不便，舟船是民众出行的重要交通工具。而在诗人、文人眼中，舟船已经幻化成为文学意象。或写景状物，描写祖国山川之美；或借景抒怀，抒发离愁别恨。"我家江水初发源，宦游直送江入海。闻道潮头一丈高，天寒尚有沙痕在……"宋熙宁四年（1071），东坡赴任杭州通判路上，途经镇江，游览金山寺，写下了《游金山寺》。东坡的一生都在"宦游"、神游、悠游、畅游。"小舟飞棹去如梭。齐唱采菱歌""小舟从此逝，江海寄余生""便合与官充水手，此生何止略知津""九死南荒吾不恨，兹游奇绝冠平生"等句，足以见证其游历之广、感悟之深。

韩愈、苏轼都曾贬谪岭南，分别滋养过潮州、惠州的文化，恩泽后世，被后人景仰，恰如赵朴初所言“不虚南谪八千里，赢得江山都姓韩”、江逢辰所言“一自坡公谪南海，天下不敢小惠州”。东坡曾于宋元祐七年（1092）三月，接受潮州知州王涤请求，替潮州重新修建的韩愈庙撰写碑文《潮州韩文公庙碑》，在碑文中盛赞韩愈造福于潮州，“文起八代之衰”，表达对先贤的敬仰。“韩潮苏海”是后人对他们诗文风格的不同评价。有学者指出：“韩愈之文浑灏流转，其势如长江秋注，潮之喻更切；东坡海涵地负，澜翻波卷，其博其深非海不足以形之。”或许，正是因为东坡多次在宦海沉浮、江海余生中“定风波”，才孕育出其浩瀚无垠、高拔卓立的文学世界、文艺世界。

“心似已灰之木，身如不系之舟。问汝平生功业，黄州惠州儋州。”这是东坡人生暮年的自嘲，更是他的自豪。“不系之舟”出自《庄子》，大意是：逍遥自在的人生，如同随着水流前行的小舟，顺其自然，随遇而安。

事实上，东坡一生都心系社稷苍生，心系天地万物，而那“不系之舟”，早已抵达自由的彼岸！

# 贬谪不伤　穷达自处

评《十月二日初到惠州》

## 东坡原作

### 十月二日初到惠州

仿佛曾游岂梦中，欣然鸡犬识新丰。
吏民惊怪坐何事，父老相携迎此翁。
苏武岂知还漠北，管宁自欲老辽东。
岭南万户皆春色，会有幽人客寓公。

## 现代译文

惠州这个地方我仿佛曾经游历过，难道是在梦中游过吗？我来到惠州，就像新丰的鸡犬一样，欣然认识道路和自家。

官吏百姓都惊诧怪异我因什么事被贬谪到偏远的南海之滨惠州，百姓扶老携幼到码头迎接我这个老翁。

苏武怎么知道以后他还能从遥远的漠北还归大汉，管宁有自己的想法，打算在辽东终老。

五岭之南的广大地区尤其是惠州，家家都有美酒，我在这里除了有美酒做伴，肯定还会有高人隐士来与我相会交往。

## 评析鉴赏

此诗作于宋绍圣元年（1094）十月二日。是年四月，御史虞策与殿中侍御史来之邵一起上书，说东坡任翰林学士时作吕惠卿制词，讥讽讪谤先帝（神宗）。哲宗下诏除去东坡端明殿学士兼翰林侍读学士，罢免定州知州官职，即东坡在《到惠州谢表》说到的“先奉诰命，落两职，追一官”，命东坡为承议郎责知英州军州事。六月，来之邵等又上书说东坡诋毁斥责先朝，东坡被责授宁远军节度副使、惠州安置。在东坡南行到当涂（今安徽省马鞍山市当涂县）时，又被朝廷除去左承议郎，责授建昌军司马、惠州安置，不得签书公事。东坡让次子苏迨带领家眷们去宜兴（今江苏省辖县级市，由无锡市代管），跟从长子苏迈在宜兴生活。东坡带了三儿子苏过、侍妾王朝云及两个老奴婢一起前往惠州。七月到湖口（今江西省九江市湖口县），过庐山。九月渡过大庾岭，十月二日到达惠州贬所。

此诗是东坡刚到惠州时作的。首两句“仿佛曾游岂梦中，欣然鸡犬识新丰”，言仿佛曾经在梦中游过惠州，就像新丰的鸡犬一样，欣然认识道路和自家。新丰本是秦国骊邑，汉高祖七年（公元前200年），刘邦为解太上皇的思乡之情，按故乡丰县街道样式，在此建新丰县，并迁来丰县的居民，唐代废之。葛洪《西京杂记》卷二载：“太上皇徙长安，居深宫，凄怆不乐。高祖窃因左右问其故。以平生所好，皆屠贩少年，沽酒卖饼，斗鸡蹴鞠，以此为欢。今皆无此，故以不乐。高祖乃作新丰，移诸故人实之，太上皇乃悦。故新丰多无赖，无衣冠子弟故也。高祖少时，常祭枌榆之社。及移新丰，亦还立焉。高帝既作新丰，并移旧社，衢巷栋宇，物色惟旧。士女老幼，相携路首，各知其室。放犬羊鸡鸭于通涂，亦竞识其家。”《唐宋诗醇》评此诗首两句：“贬谪之地，见如旧游，有终焉之志。贤者固随遇而安。”认为东坡是能够随遇而安的贤者，东坡虽贬谪到惠州，却对惠州一见如故，甚至有终老惠州的想法。

第三、第四句“吏民惊怪坐何事，父老相携迎此翁”，写惠州官吏百姓对东坡远远贬谪而来感到吃惊，不过父老乡亲更多的反应是欢迎东坡的到来，他们相携出门争看名满天下的苏学士。“坐”指因事获罪。“此翁”是作者自称。

第五、第六句“苏武岂知还漠北，管宁自欲老辽东”，东坡用苏武、管宁典故表达自己的两种思想准备，既有像苏武一样回归朝廷的机会，也有像管宁一样终老惠州的打算。“苏武”句，《汉书·苏武传》载：出使匈奴，匈奴单于多次劝降未果，“乃幽武，置大窖中，绝不饮食。天雨雪，武卧啮雪，与旃毛并咽之，数日不死。匈奴以为神，乃徙武北海上无人处，使牧羝（dī），羝乳乃得归”。意思是单于更加想迫使苏武投降，于是囚禁苏武，将他放在大地窖里，不给他吃喝。天上下雪，苏武吃雪，同毡毛一起吞下充饥，几天不死。匈奴人惊叹神奇，就把苏武迁徙到北海边没人居住地方，让他放牧公羊，说等到公羊产乳喂奶才放他回归汉朝。不过苏武最后还是在汉朝努力交涉下，得以荣归自己的国家。“管宁”句，《三国志·魏书·管宁传》载：“管宁字幼安，北海朱虚人也。年十六丧父，中表愍其孤贫，咸共赠赗，悉辞不受，称财以送终。长八尺，美须眉。与平原华歆、同县邴原相友，俱游学于异国，并敬善陈仲弓。天下大乱，闻公孙度令行于海外，遂与原及平原王烈等至于辽东。度虚馆以候之。既往见度，乃庐于山谷。时避难者多居郡南，而宁居北，示无迁志，后渐来从之。太祖为司空，辟宁，度子康绝命不宣。……中国少安，客人皆还，唯宁晏然若将终焉。”意思是北海国朱虚县的管宁，十六岁时父亲去世，表兄弟们怜悯他孤独贫困，都送他治丧费用，管宁全部推辞没有接受，根据自己财力为父亲送终。管宁身高八尺，胡须眉毛长得很美。与平原人华歆、同县人邴原为好友，他们都到其他郡学习，并敬重亲善陈仲弓。天下大乱以后，管宁听说公孙度在海外推行政令，就与邴原及平原人王烈等到辽东郡。公孙度空出馆舍等候他们。拜见公孙度后，管宁居住在山谷中。当时渡海避难的人大多住在郡的南部，而管宁却住在郡的北部，表示自己无迁徙之意，后来的人渐渐都来跟从他。太祖（曹操）任司空后征召管宁回去，公孙度的儿子公孙康截留诏命，不对管宁宣布。中原地区稍微安定后，之前逃到辽东的人都返回了，只有管宁安闲自在，就像要在那里终老一样。辽东：郡名，秦代置，汉代沿袭其名，下辖今辽东南部辽河以东地区。批评此诗的人也有，《瀛奎律髓汇评》卷四十三引纪昀（纪晓岚）评："三句太浅，五、六句不切（不贴切、不符合）。"

最后两句"岭南万户皆春色，会有幽人客寓公"，东坡安慰自己在惠州不会寂寞，因有岭南万户酒陪伴，更会有隐士与自己交游。岭南：五岭以南地区。春色：唐代人多称酒为春。东坡自注："岭南万户酒。"幽人：隐士。寓公：《礼记·郊特牲》："诸侯不臣寓公。"盖言公爵而寄寓者，即寄居他国的诸侯，后泛指寄居异乡的官吏，此为东坡自指。

# 身世虽相违　超然酒眠中

评《寓居合江楼》

## 东坡原作

### 寓居合江楼

海山葱昽气佳哉，二江合处朱楼开。
蓬莱方丈应不远，肯为苏子浮江来。
江风初凉睡正美，楼上啼鸦呼我起。
我今身世两相违，西流白日东流水。
楼中老人日清新，天上岂有痴仙人。
三山咫尺不归去，一杯付与罗浮春。

## 现代译文

海山明丽，远远望去郁郁葱葱，富丽华美的合江楼坐落在东江、西枝江交汇口处。

东海的仙山蓬莱和方丈应该离这不远，相传蓬莱山的一座山峰（浮山）浮海而来与罗山合为罗浮山，现在我来惠州了，蓬莱方丈仙山一定肯为我浮江而来相约。

十月江风开始凉爽了，我正美美睡觉，楼上的乌鸦啼叫似乎在呼喊我起床。

我现在是贬谪之人，自身想法抱负与社会政治环境不一致，人生短暂，在西流白日、东流水中匆匆逝去。

侯道华手不释卷、甘居人下，终于修炼成仙，我这楼中老人要向侯道华学习，做到每日都有进步，日后方可成为悟道睿智的仙人。

仙山虽好，近在咫尺也远在天涯，我还是饮一杯家酿的罗浮春酒，过潇洒自如的日子吧。

## 评析鉴赏

此诗作于宋绍圣元年（1094）十月二日后。合江楼在东江和西枝江交汇处，宋代王象之《舆地纪胜》卷九十九《惠州》载："合江楼，在郡之东二十步。"清代屈大均《广东新语》卷十七《宫语·六楼》言惠州合江楼是"粤东六楼"之一，并交代了它的地理位置和周围优美环境："东、西二江汇其东，丰、鳄二湖潴（zhū，积聚）其西，而象岭、罗浮前后屏拥，其水大而山雄，境清而气秀，又为岭以东之最胜。"

清代王文诰《苏诗总案》说："当日合江楼在三司行衙中，城楼乃后世事"，又"（三司行衙）为三司按临所居。公到日，有司待以殊礼，暂请居之"。可知东坡刚到惠州，时任惠州知州詹范以礼相待，将东坡安排在三司行衙（类今政府招待所）中的合江楼居住。东坡《迁居》云："吾绍圣元年十月二日至惠州，寓居合江楼，是月十八日迁于嘉祐寺"，此诗就是在暂住合江楼的六天内作的。六日后，东坡从合江楼迁居嘉祐寺，元代危太朴《东坡书院记》载："公初至惠州，寓居合江楼。数日迁嘉祐寺。"

此诗全篇仙气飘飘，仿若李太白（李白）诗境。东坡年近花甲贬谪惠州，身与世两相违背，东海仙山虽美，烟波渺茫难求，只好在饮酒中寻求慰藉解脱。第一、第二句"海山葱昽气佳哉，二江合处朱楼开"，言合江楼地理环境优越，得山川之灵气。"海山"句，语本《后汉书·光武帝纪下》载："望气者苏伯阿为王莽使至南阳，遥望见舂陵郭，唶曰：'气佳哉！郁郁葱葱然。'"舂陵郭是东汉光武帝刘秀故乡，意思说这地方风水好，预示刘秀能成大事。葱昽：葱绿明丽貌。海山，一作"海上"。二江：东江、西枝江。《名胜志》载："东江，源自江西赣州，经龙川县来，绕白鹤峰之阴至惠州城东，亦谓之龙川江。西（枝）江自九龙山西流一百二十里，亦至城东，与龙川江合流。至石湾西南，经虎头们入海。其（东江和西枝江）汇流处有合江楼，即府城之东门楼也。"

第三、第四句"蓬莱方丈应不远，肯为苏子浮江来"，借用东海三仙山神话传说，关联自己，想象仙山也会因自己到来而浮江相见。蓬莱、方丈：传说中的海中仙山。《史记·秦始皇本纪》载："秦始皇二十八年，齐人徐市等上书，言海中有三神山，名曰蓬莱、方丈、瀛洲，仙人居之。""肯为"句，传说罗浮山由罗山和浮山组成，浮山是蓬莱的一阜（土山），从海上漂来与罗山结合为罗浮山。纪昀曰："起势超忽。以下亦皆音节谐雅，虽无深意而自佳。"

第五、第六句"江风初凉睡正美，楼上啼鸦呼我起"，继续说自己的生活状态，江风初凉，秋睡正美，楼上啼鸦声声，呼我起床。

第七、第八句"我今身世两相违，西流白日东流水"，作者想到自己报国理想无法实现，社会现实总是残酷，自己被贬谪荒蛮之地惠州，遗憾人生短暂，在西流白日、东流水中匆匆逝去。身世：即身与世，"身"指自己，"世"指现实社会、时代环境。违：违背，不遵照、不依从。李白《古风》其十一："黄河走东溟，白日落西海。逝川与流光，飘忽不相待。"言时光飞逝。清代王文诰曰："接得陡健。"

第九、第十句"楼中老人日清新，天上岂有痴仙人"，自我安慰、自我勉励，眼前受到的遭遇苦难、不被理解都没什么，侯道华手不释卷、甘居人下，终于修炼成仙，自己也要向侯道华学习。楼中老人：东坡自况。"天上"句，《太平广记》卷第五十一载"侯道华"成仙，"时有蒲人侯道华，事悟仙以供给使。诸道士皆奴畜之，洒扫隶役，无所不为，而道华愈欣然。又常好子史，手不释卷，一览必诵之于口。众或问之，要此何为，答曰：'天上无愚懵仙人'"。

最后两句"三山咫尺不归去，一杯付与罗浮春"，回到现实，仙山虽好，近在咫尺，其实也远在天涯，还是饮一杯家酿的罗浮春酒，过自己潇散自如的日子吧。三山：传说中的海外蓬莱、方丈、瀛洲三座仙山。“三山”句，清代翁方纲注，“诗意指蓬莱方丈，犹之杜诗《游子》‘蓬莱如可到，衰白问群山’，亦巴蜀愁居之作也。《斜川集·海南祝公生日》诗‘要与三山咫尺望’”。《斜川集·海南祝公生日》，东坡三儿子苏过撰。苏过，字叔党，自号斜川，事迹《宋史·苏轼传》附载。公，指东坡。咫尺：八寸为咫，比喻距离很近。罗浮春：东坡自注“予家酿酒，名罗浮春”。

# 吾与子之所共适

评《浣溪沙》

## 东坡原作

### 浣溪沙

公旧序云：绍圣元年十月二十三日，与程乡令侯晋叔、归善簿谭汲同游大云寺。野饮松下，设松黄汤，作此阕。

罗袜空飞洛浦尘。锦袍不见谪仙人。携壶藉草亦天真。
玉粉轻黄千岁药，雪花浮动万家春。醉归江路野梅新。

## 现代译文

程乡县令令侯晋叔、归善县主簿谭汲与我同游大云寺，虽有洛神一样的凌波微步、罗袜生尘，但两位县大人却白白空来了一趟，因遗憾这里没有穿着宫锦袍的谪仙人李白。我们带着酒壶，在草地上坐下共饮，一起享受着野餐的自然率真。

松黄汤里的颗粒，恰似淡黄的玉粉，喝了能延年益寿。我自酿的万家春芳香四溢，杯里的酒花如同雪花浮动。我喝醉了，沿着江边的道路返回，路上梅花绽放，我非常惬意。

## 评析鉴赏

此词作于宋绍圣元年（1094）十月。根据词作前面的序言可知，时维十月，序属初冬，天气未寒，草木未枯。这是东坡寓惠后写的第一阕词，此时他已从合江楼迁居嘉祐寺。在居住环境上，嘉祐寺的“墙穿屋漏”与合江楼的舒适所形成的巨大落差并没有让东坡颓废不振，他带上自酿的万家春酒与好友同游大云寺，在松树下野饮，享用黄松汤，其乐融融，天真快乐。东坡醉归之时还不忘观赏沿路初绽的梅花。东坡以游乐四方的诗仙李白自诩，表现出随遇而安、豪爽不羁的状态。

“罗袜空飞洛浦尘。锦袍不见谪仙人”句，以两个典故入笔，极状东坡融入大自然、放飞自我的放松心态。“罗袜”典出汉代张衡《南都赋》：“修袖缭绕而满庭，罗袜蹑蹀而容与。”三国曹植《洛神赋》加以化用：“凌波微步，罗袜生尘。”在此处，东坡和友人像洛神一样步履轻盈地漫步，衣袂轻飞，好像走路时路面腾起的尘埃。“锦袍”句，东坡在松树下饮酒，想起“谪仙人”李白身着锦袍游览安徽当涂采石江的情景。他非常向往这种无拘无束的生活，常常自比“谪仙”“仙人”，仅仅在惠州，他就在多首作品中写过，如《次韵程正辅游碧落洞》中的“何时谪仙人，来作钧天声”、《寓居合江楼》中的“楼中老人日清新，天上岂有痴仙人”等。联系东坡三次贬谪生涯和其旷达心态来看，这几个比喻何其贴切。“携酒藉草亦天真”句，大家带着酒壶，随意坐在草地上，有一种“采菊东篱下，悠然见南山”的感觉，很自由，也很惬意。这正是贬谪惠州的东坡所希冀的，他希望借此化解贬谪之郁。

“玉粉轻黄千岁药，雪花浮动万家春”句，用“千岁药”形容“松黄汤”，用以说明其滋补功效。东坡笔下的“松黄汤”又叫“松花汤”，是用马尾松的花粉调剂而成的一种饮料。松花是道家养生的常见之物，能够祛湿化痰、轻身益气。唐人喜欢饮松花酒，到了宋代则加以改良，更多时候用来作为汤饮。“万家春”是东坡酿造的一种美酒，他在作品中多次提及。如《和陶〈己酉岁九月九日〉》中写道："持我万家春，一酬五柳陶。"他艳羡陶渊明那种内心淡然、超然物外、所往皆乐的境界。

宋代酿酒业发达，与友人共饮是宋人的一种生活方式，对于文人雅士而言尤其如此。东坡不仅会饮酒，还亲自酿酒。他曾经在《东坡志林》中记录过酿造方法，写过《桂酒颂》等以酒为主题的诗词作品。但东坡不贪酒、嗜酒，他有自己的"饮酒观"，反对"竹林七贤"之一的刘伶那种"醉发蓬茅散"的放浪之态。说到底，东坡饮酒，讲究一个"适"字，"适"就是"适合""适宜""适中""适度"。关于"适"字，东坡在《赤壁赋》中进行了很全面的哲理化诠释："惟江上之清风，与山间之明月，耳得之而为声，目遇之而成色，取之无禁，用之不竭，是造物者之无尽藏也，而吾与子之所共适。"这也是东坡对待万物的态度。宋熙宁十年（1077）七月，东坡曾作《宝绘堂记》一文。他在文中提出："君子可以寓意于物，而不可以留意于物。寓意于物，虽微物足以为乐，虽尤物不足以为病。留意于物，虽微物足以为病，虽尤物不足以为乐。"这段话的大意是：品德高尚、格调高雅的人，可以把精神寄托在某件物品上，但不要过于留意这件物品。把精神寄托于物品上面，虽然是一个微不足道的物品，但可以得到快乐，哪怕是尤物，也不会成为我们的一种病。反之，过于在意某种物品，即便是一个很小的物品，都会成为一种病态，即便是尤物，也不会带来快乐。

总之，东坡反对"游于物之内，而不游于物之外"，推崇"性之便，意之适"，做任何事情都要"适度""适宜""适合"，做一个超然物外、乐观旷达的生活智者。这也是这首作品给予我们的启迪。

# 声情跌宕　妙造自然

评《十一月二十六日，松风亭下梅花盛开》

## 东坡原作

### 十一月二十六日，松风亭下梅花盛开

春风岭上淮南村，昔年梅花曾断魂。
岂知流落复相见，蛮风蜑雨愁黄昏。
长条半落荔支浦，卧树独秀桄榔园。
岂惟幽光留色夜，直恐冷艳排冬温。
松风亭下荆棘里，两株玉蕊明朝暾。
海南仙云娇堕砌，月下缟衣来扣门。
酒醒梦觉起绕树，妙意有在终无言。
先生独饮勿叹息，幸有落月窥清尊。

## 现代译文

从前，过黄州麻城，春风岭上的淮南村，那里的梅花曾让我心醉神迷。

谁能想到，如今漂泊在外还能再见到这梅花？在蛮风蜑雨的黄昏时分，梅花的出现更添了几分愁绪。

长长的梅枝有一半已经掉落在水北荔枝浦里，倒下的树木中，只有梅花在桄榔园中独自绽放。

岂止是幽静的光芒留在夜色中，我更担心那冷艳的梅花会冲破冬天的寒冷。

松风亭下的荆棘丛中，两株梅花在晨光中显得格外明亮。

梅花盛开如海南仙云柔美坠落在台阶上，又好似月下与穿着细白生绢衣服的仙女一起敲扣酒家之门。

酒醒梦觉后，我起身绕着梅树转，心中充满了妙不可言的感受，却无法用言语表达。

先生独自饮酒，不必叹息，幸好有落月窥见你清澈的酒杯。

## 评析鉴赏

此诗作于宋绍圣元年（1094）东坡惠州贬所。松风亭在嘉祐寺侧近，东坡《记游松风亭》云："仰望亭宇，尚在木末"。又《题嘉祐寺壁》云："寓居嘉祐寺松风亭。杖屦所及，鸡犬皆相识。"是亭与寺都在半山坡上。十一月二十六日，松风亭下梅花盛开，诗人兴会浓至，写了这首诗。

"春风岭上"四句，从"昔年梅花"说起，引到今天的流放生活。东坡自注云："余昔赴黄州春风岭上，见梅花，有两绝句。明年正月往岐亭，道上赋诗云：'去年今日关山路，细雨梅花正断魂。'"自注所称"两绝句"，指宋元丰三年（1080）正月赴黄州贬所，路过麻城县春风岭时所作的《梅花二首》。句云："春来幽谷水潺潺，的皪梅花草棘间。"又云："幸有清溪三百曲，不辞相送到黄州。"言落梅随水远道相送也。第二年［元丰四年（1081）］正月往岐亭，想起春风岭上的梅花，又写了七律一首，有"去年""细雨"之句。十三四年前在黄州谪迁生活中的往事，现因面对松风亭下盛开的梅花不觉涌上心来。"岂知"句极沉痛，诗人现在已经是六十岁的老人，岂料再次流落，再次见到这个谪迁生活中的旧侣——梅花，而且是在"蛮风蜑雨"的边荒之地，比起黄州，真是每况愈下，怎不令人生愁！"蛮风蜑雨"四字，形象地概括了岭南风土之异。惠州是兄弟民族聚居之区，古时轻视少数民族，泛称曰"蛮"；"蜑"是专名，即所谓“蜑子獠”。

以下转入流落中再次相见的梅花。“长条”四句，在写松风亭下梅花之前，先以荔支浦、桄榔园中所见作为陪衬。那些半落的长条、独秀的卧树，虽非盛开，但已深深地触拨着诗人的心灵，他为她们的“幽光”“冷艳”而心醉。“留色夜”极写花的光彩照人，“排冬温”极写花的冰雪姿质。“冬温”是岭南季节的特点，着“直恐”二字，表现了诗人对花的关注，意谓在这温暖的南国，你该不会过于冰冷，不合时宜吧！诗人选择了“荔支浦”“桄榔园”，给全诗的描写笼上一层浓郁的地方色彩。

“松风亭下”四句是题目的正面文字。如果说那些荔支浦上半落的长条、桄榔园中独秀的卧树，已经唤起诗人的深情，则此松风亭下“玉雪为骨冰为魂”的盛开的两株梅花，将会引起诗人怎样的激赏！清晨，东坡来到松风亭下，发现荆棘丛中盛开的梅花在初升的太阳光下明洁如玉，东坡完全陶醉了，他的身心进入了一个梦幻般的优美境界：他眼前已经看不见梅花，他仿佛觉得那是在月明之夜，一个缟衣素裳的仙子，乘着娇云，冉冉地降落到诗人书窗外的阶前，轻移莲步，来叩诗人寂寞深闭的双扉！这里的实际内容只不过是说盛开的花枝在召唤诗人，使他不能不破门而出，但他却用“缟衣来叩门”这一优美联想进一步比拟，在诗人所提供的染上了浓郁的主观色彩的艺术氛围中，不言情而情韵无限，不能不为它的艺术魅力所倾倒。纪昀评“海南”二句云：“天人姿泽，非此笔不称此花。”这是很有见地的。从诗歌咏物的角度看，诗人在这里没有致力于梅花形貌的具体描绘，而是采取遗貌取神、虚处着笔的手法，抓住审美对象的独特风貌和个性，着力于侧面的烘托和渲染，达到一种优美动人的艺术境界。这里，不妨用黄庭坚咏水仙花的《凌波仙子生尘袜》名作来作一比较。黄诗的头四句是：“凌波仙子生尘袜，水上轻盈步微月。是谁招此断肠魂？种作寒花寄愁绝。”黄庭坚由“水仙”二字引起联想，用凌波微步的洛神来比拟花的风韵。这种比拟，当然不是外貌上的相似，而是着眼于两者之间在神采、性格上的相通，黄庭坚描写的焦点是客观对象的神理。山谷的“凌波仙子”和东坡的“海南仙云”在艺术构思上是完全一致的，但东坡这里表现了更丰富的内容，更深邃的层次。

清代汪师韩《苏诗选评笺释》云：“秀色孤姿，涉笔如融风彩霭。集中梅花诗，有以清空入妙者，如《和秦太虚梅花》诗：‘竹外一枝斜更好’是也；有以使事传神者，此诗‘海南仙云娇堕砌，月下缟衣来叩门’是也。”汪氏所谓“使事”，是由于旧注解释东坡这两句诗，认为他引用了《龙城录》中赵师雄的故事。据《龙城录》所说：一个叫赵师雄的人游罗浮山，天寒日暮，他在似醒似醉间遇见一个淡妆素服、芳香袭人的美女，相与笑乐。醉寝懵然，但觉风寒相袭，东方已白。师雄起视，乃在大梅花树下。这时“月落参横”，为之惆怅不已。经前人考订，《龙城录》的作者不是柳宗元而是王铚（张邦基《墨庄漫录》卷二，《朱子语类》卷一三八），有的又说是刘无言（《洪斋随笔》卷十），反正东坡不可能使用这本书中的故事。于是有人又说，不是东坡用《龙城录》，而是《龙城录》的作者袭取东坡此诗衍为小说故事。这问题用不着多去纠缠，难道像东坡这样想象丰富的诗人，不依靠前人书本，就写不出这两句好诗吗?

结尾“酒醒梦觉”四句，又从梦幻世界回到现实中来。诗人“绕树”“无言”，其思绪是深沉的。从诗的内在感情脉络看，这和前面“岂知流落复相见”句所隐含着的情思一脉相连。东坡如有所悟，但终于无言。他究竟能说什么，说给谁听呢？这真是“此时无声胜有声”了！说“勿叹息”，说“幸有”，是强作排遣口吻。在这朝暾已明、残月未尽的南国清晓，独把清尊，对此名花，不妨尽情领取这短暂的欢愉吧!

此诗意象优美，语言清新，感情浓至，想象丰富。每四句自成一个片段、一个层次，由春风岭上的昔年梅花，到荔支浦的半落长条、桄榔园的独秀卧树，逐步引出松风亭下玉雪般的两株梅花，而以“岂知流落复相见”句为全篇眼目。声情跌宕，妙造自然，是东坡晚年得意之作。他采用同一韵脚，一口气写了《再用前韵》《花落复次前韵》共三首七言歌行，前人称之为“韵险而语工，非大手笔不能到”（《遯斋闲览》）。

# 人生贵适意　此间何妨歇

评《记游松风亭》

## 东坡原作

### 记游松风亭

余尝寓居惠州嘉祐寺，纵步松风亭下，足力疲乏，思欲就床止息。仰望亭宇，尚在木末，意谓如何得到。良久忽曰：“此间有甚么歇不得处？”由是心若挂钩之鱼，忽得解脱。若人悟此，虽两阵相接，鼓声如雷霆，进则死敌，退则死法，当恁么时，也不妨熟歇。

## 现代译文

我曾寄居惠州嘉祐寺，有一天我迈开大步，想去游览山岗上的松风亭，走着走着感觉两腿乏力，就打算在林中停下歇歇。这时看见松风亭的建筑还在很高的树梢方向，寻思着这么高，也不知何时才能到达呢？我思考了很久，忽然想通了，自言自语：“这里又有什么不能歇息的呢？”于是我如释重负，像嘴巴挂住鱼钩的鱼儿忽然得到解脱。如果人人都能悟透这种道理，（就像）虽然两军对垒作战，助战鼓声响如雷霆，前进会被敌人杀死，后退则会因违反军法被处死，这时候不妨停下好好休息一下。

## 评析鉴赏

此文作于宋绍圣元年（1094）十一月左右。松风亭，宋代王象之《舆地纪胜》卷九九："松风亭，在旧嘉祐寺后山巅，始名峻峰，植松二十余株，清风徐来，因谓松风亭。"嘉祐寺，宋代在水东归善县白鹤峰之东麓。宋绍圣元年（1094）十月十八日，东坡从水西府衙行馆合江楼，搬到水东归善县城边的嘉祐寺居住，从"江楼廓彻之观"变到幽深窈窕之地，居住环境骤变，更勾起作者的贬谪之悲。亲近山水，咏物抒怀，排遣内心的忧愤和压力，寻求精神的慰藉和超脱，成为东坡生活的重要组成部分。这段时间他创作了不少这类作品，如《江郊》《十一月二十六日，松风亭下梅花盛开》等。

此文短小精悍，富有哲理，发人深思，给人启迪。文章开始就交代自己所游地点是松风亭。东坡想上山到松风亭上去，可走累了，就想停下脚步歇歇。他当时才五十九岁，爬小山冈已"足力疲乏"难以登顶，其实是作者因官场沉浮，身心俱疲。抬头看看松风亭还在很高的树梢上，心里思量不知何时才能到达。经过长时间思考，作者自问自答，得出结论，发出"此间有甚么歇不得处"的感慨，认为这里有什么不能歇息的呢。于是作者通过静态思考，终于动态比喻，得以自我解脱，将自己这种情况比喻成被挂在钩子上的鱼，忽然解脱得到自由，内心豁然开朗。最后作者通过类比，继续补充，感悟解释，如果人悟透其中道理，如两军对阵的战场一样，战鼓震天响，前进将被敌人杀死，后退因违反军法也会被处死，这样两难的恶劣条件下，不妨停下来好好歇歇。"恁么时"，意思是这么时，这样时。"熟歇"，意思是好好歇歇，好好休息一下。这种思想，这样妙法，使东坡在一生的官场沉浮升降中坚韧不拔地走下去，历练出后世景仰的"东坡精神"。

# 神仙难觅　梅花易赏

评《阮郎归　梅词》

## 东坡原作

### 阮郎归　梅词

暗香浮动月黄昏。堂前一树春。东风何事入西邻。儿家常闭门。
雪肌冷，玉容真。香腮粉未匀。折花欲寄岭头人。江南日暮云。

## 现代译文

夕阳西下，冷月渐升，淡淡的幽香漂浮在黄昏中。这香气正是来自院子里的一树梅花。春风为什么绕过我家庭院而只光顾邻家庭院呢？或许是我家房门常常紧闭的缘故吧。

梅花皎洁无暇，形态自然，花瓣色泽像是未抹匀的脂粉。我想折一枝梅花寄给远方的家人，只见远方夕阳西沉，雾霭重重，路途遥远，不知能否送达呢？

## 评析鉴赏

此词作于宋绍圣元年（1094）十二月。此时东坡到达惠州已经过去快两个月，迁居水东嘉祐寺月余，他已逐渐适应这里的生活。在他居住的嘉祐寺后山有松风岭，岭上有梅园。他常常漫步在梅园之间，写下不少咏梅诗词。

“阮郎归”，词牌名，又名“醉桃源”“碧桃春”，是“刘阮遇仙”

故事的三大词牌之一。“刘阮遇仙”的故事最早记载于南朝宋刘义庆的《幽明录》一书，后在民间广为流传。“刘阮遇仙”叙述的是会稽人刘晨、阮肇入天台山采药，遇二仙女，与二仙女过上幸福生活，却因想念俗世，回归世间，却不想山中半年，世间已过了七世。

在唐五代词中，“刘阮遇仙”故事中的人物形象产生了流变。刘阮二人从执迷不悟的恋世者转变为一去不归的负心人，遗世独立的天台仙女则变为独守空闺的寂寞人。南唐后主李煜的《阮郎归·东风吹水日衔山》是现存最早的以“阮郎归”为词牌的词作，其内容便是抒写女子之闺怨伤春。该词虽无与“刘阮遇仙”明显相关的描述，但词中描摹的百无聊赖的女子暗暗映射了盼望阮郎归来的天台仙女。“归”，或意为“归来”，则从词牌名之本意看，应是从天仙角度言盼归之情。词中女子虽有美酒美景，笙歌作乐，但无心亦无力理残妆，“留连光景惜朱颜，黄昏独倚阑”。再美好的时光，都化作漫长的等待。

东坡的《阮郎归　梅词》似一幅画卷徐徐展开，呈现出一幅以月下梅花为背景的美人图，宁静而美妙，掺杂其间的是些许淡淡的哀思。首句“暗香浮动月黄昏”，短短数语营造出月色朦胧动人、梅花幽香扑鼻的意境。运用了“通感”的手法模糊了嗅觉、视觉上的界限，“暗香”、月光仿佛联结在一起，在夕阳西下、冷月渐升的黄昏中慢慢变得可感、可闻、可视。“堂前一树春”，点破这幽香来自庭院里的梅花。时值十二月，天气寒冷，但报春最早的梅花却匆匆赶到，为这寒冷的天地带来一丝生机。即使庭院里有这样一树盛放的梅花，也难以消散这里的冷寂——“东风何事入西邻。儿家常闭门”。春风绕道而行，独留一树梅。为什么西邻春风得意，而自己却紧掩门扉呢？常闭的家门不仅是物理的屏障，亦是心中的屏障。不明所以的春风撩动着本该平静的心，泛起的是淡淡的哀愁。

下阕的前三句“雪肌冷，玉容真。香腮粉未匀”，将堂前的梅花拟人化，形象描写了梅花之娇嫩、无瑕，展现出梅花不加修饰的自然之美。东坡在惠州期间写下不少咏梅诗词，并常以梅喻人，用来示爱朝云。“雪肌冷，玉容真。香腮粉未匀”，是写梅，更是写人，甚至就是东坡对眼前人朝云的真实写照。由“阮郎归”这一词牌名的使用可知，东坡的思绪不仅停留在眼前的美景美人，还遐想至南唐时期——李后主词中百无聊赖、执着等待的闺中女子，一个是“佩声悄，晚妆残，凭谁整翠鬟”，另一个是“香腮粉未匀”，都是无心理妆，同时落寞不已。他的情思已经穿越时空，进入了“刘阮遇仙”的故事情境之中，梦想一场入山遇仙。值得注意的是，到了惠州之后的东坡认为要认真炼丹，以求生命更好地延续，并且在炼丹这件事上付诸实践。他写给朝云的词句：“白发苍颜，正是维摩境界。空方丈、散花何碍。”自己虽然白发苍苍，容颜衰老，但却正是追随维摩诘的最佳时期。朝云对东坡亦步亦趋，他们一同迈入了清净无欲的境界之中。二人虽处尘世之间，但决定告别荣华。这与入山遇仙故事的宗旨及意义是相通的。入山遇仙故事源于道教对神仙世界的宣教，明代王淮曾作一首《刘阮天台谣》，表示对刘、阮二人的际遇羡慕不已，在诗的结尾感慨“神仙之说未必无，但恨凡胎俗骨难轻逢”。可见当时的人们通过这些故事，对深山之中的神仙世界相信且向往，同时在无形之中接受了道教教义。被东坡隔时空唱和的陶渊明，笔下的名篇《桃花源记》也颇像一篇志怪小说。“阮郎归”又名“醉桃源”，其渊源可见一斑。

东坡虽有心修道，但此时的他还是无法完全忘俗。幻想的仙境与隐居的仙子都是对尘世纷扰的仙境补偿，在这背后仍隐含着哀愁，东坡还是难掩对远方亲人的思念。此时的东坡在惠州不过两个月，他无法得知未来的自己是否还会面临调令，未来的生活依旧充满不确定性。“折花欲寄岭头人”抒发了对远方家人的思念之情。“折花”折的是什么花呢？自然是堂前的“一树春”。在古典诗词中，不提梅花，只说“江南客”“一枝春”，便知是梅花。“江南无所有，聊赠一枝春。”梅花其春最早，也是中国最具江南意味的花。而东坡在前往惠州之前，将家人都安顿在江苏宜兴定居，只带二十二岁的苏过、朝云、两名老奴婢同行。庭院里匆匆到来的“江南客”又怎能不让东坡想起那优美多情的江南，以及在江南居住的亲人呢？然而“江南日暮云”，朝着江南的方向望向远方，夕阳西沉，东风也吹不散那重重云雾。路途遥远，家书难抵。

同李后主一样，东坡也用一首《阮郎归　梅词》隐含自己的情思，用闺中女子暗示自己的处境。绕路的东风，常闭的家门，未抹匀的腮粉，暮色中的云都带着忧郁的色彩、孤寂的情调，彰显了东坡内心的苦寂。但若了解东坡来到惠州之后发生的种种，以及此时创作的其他诗文，或许会从这《阮郎归　梅词》中领悟出东坡此时有别于李后主的创作情思——对“桃源”的心生向往，以及对“入山遇仙”文化密码的探寻，东坡自有其超脱之处。

# 罗浮一梦　今夕何夕

评《再用前韵》

## 东坡原作

### 再用前韵

罗浮山下梅花村，玉雪为骨冰为魂。
纷纷初疑月挂树，耿耿独与参横昏。
先生索居江海上，悄如病鹤栖荒园。
天香国艳肯相顾，知我酒熟诗清温。
蓬莱宫中花鸟使，绿衣倒挂扶桑暾。
抱丛窥我方醉卧，故遣啄木先敲门。
麻姑过君急扫洒，鸟能歌舞花能言。
酒醒人散山寂寂，惟有落蕊黏空尊。

## 现代译文

罗浮山下，梅花成林。这里的梅花，以晶莹的雪为骨骼，以寒冷的冰为灵魂。

这满树盛开的梅花，好似月光倾洒落在树上。天色快明前，只有将落的参星与寒梅明亮相伴。

我远离人群，落魄于这僻远的江海之畔，就如病鹤栖息在荒园。

所幸，国色天香般的梅花知我有清诗美酒，特来为我开放。

蓬莱仙宫派来了花鸟使者，它绿毛红喙名叫倒挂子，从太阳升起地方而来。

透过花丛，花鸟使窥见醉卧的我，于是派遣啄木鸟先来敲门。

就连麻姑也匆匆经过，为我洗去浮尘。鸟儿们轻歌曼舞，花儿呢喃呓语。

我大醉一场，酒醒之后，人群散去，一切归于寂静。亦真亦幻？只见空酒樽上粘上了几瓣落下的花蕊。

## 评析鉴赏

此诗作于宋绍圣元年（1094）。不久之前，东坡写下《十一月二十六日，松风亭下梅花盛开》。东坡后在《迁居》一诗的引中提道："吾绍圣元年十月二日至惠州，寓居合江楼，是月十八日迁于嘉祐寺，二年三月十九日复迁于合江楼，三年四月二十日复归于嘉祐寺。"可知东坡在合江楼仅居住了半个月便迁入嘉祐寺，这匆匆的迁居不免让他想起十五年前遭贬谪至黄州，借住定惠院的情境。新迁入的嘉祐寺环境不如合江楼，但后有松风亭，附近梅花盛开。这盛开的梅花也让他忆起十五年前赶赴黄州路上于春风岭绽放的梅花，给予了他生命复苏的启示。在嘉祐寺月余，东坡为松风亭的梅花有感，一切仿佛旧事重演，有感而发写下《十一月二十六日，松风亭下梅花盛开》。十五年后，同样的梅花盛开，但周遭的风景全然不同。唯有"松风亭下荆棘里"的两株玉蕊梅花与当年他在春风岭、草棘间看到的"的皪梅花"遥遥呼应，好似时光重叠，由此迸发出勃勃生机，足以抚慰人心。

从黄州到惠州，物是人非，唯有梅花之绽放一如往昔。不知在嘉祐寺居住期间，东坡曾多少次流连于梅花之间，被梅花牵动了情思。于是，在创作《十一月二十六日，松风亭下梅花盛开》不久之后，他用同一韵脚，和了一首《再用前韵》。此时的东坡虽身处惠州嘉祐寺，但他由眼前的梅花想到了两个多月前在东樵罗浮山处见到的梅花。东坡在抵达惠州的前几日即宋绍圣元年（1094）九月二十六日，船泊博罗，第二日清晨，东坡坐轿十五里，为登罗浮山。罗浮山素有“百粤群山之祖”“蓬莱仙境”之美称，由“罗山”和“浮山”合抱而成，两座巍峨的山峰，高耸入云。万仞罗浮，四时春色。古往今来，不少文人墨客在此留下了诗赋，这里亦是道家的洞天福地。东坡未到惠州，先游罗浮，景色优美、仙气袅袅的罗浮山令他印象深刻，在寓惠期间所写诗文常表露出对罗浮山的眷恋。其中便有“罗浮山下四时春，卢橘杨梅次第新。日啖荔支三百颗，不辞长作岭南人”这样的千古绝唱。

《再用前韵》也从“罗浮山下”说起，东坡诗情一跃，打破了时空界限。首句“罗浮山下梅花村，玉雪为骨冰为魂”点明诗心，梅花似有了生命与风骨，冰清玉洁，超凡脱俗，仙气飘飘。次句“纷纷初疑月挂树，耿耿独与参横昏”一出，林和靖之诗即黯然。宋代洪迈认为，“惟东坡云：‘纷纷初疑月挂树，耿耿独与参横昏。’乃为精当”。宋代周紫芝甚至认为，东坡《再用前韵》中的“纷纷初疑月挂树，耿耿独与参横昏”胜过林逋的“疏影横斜水清浅，暗香浮动月黄昏”（《竹坡诗话》）。此句着重写梅之形态、气韵，梅花皎白清新，更有遗世独立之姿，卓尔不群之态。联系下句“先生索居江海上，悄如病鹤栖荒园”，可知此梅与“先生”物我一体，同精神，共气质，均是远离人群，遗世独立。道出了东坡日暮天寒独对参星时的落寞与凄凉。“天香国艳肯相顾，知我酒熟诗清温”，好在还有一树梅花，深知诗人爱着清诗美酒，遂以国色天香之颜，为之开放。诗人将梅花比作国色天香的美人，赋予其生命，也使之拥有了温度。

接下来，东坡开启瑰丽的想象，开启一场罗浮梦。《龙城录·赵师雄醉憩梅花下》中记载了“罗浮梦”的故事：“隋开皇中，赵师雄迁罗浮。一日天寒薄，于松间酒肆旁舍，见美人淡妆素服出迎。时残雪未消，月色微明，因与扣酒家门共饮，一绿衣童子笑歌戏舞，师雄醉寐，但觉风寒相袭。久之起视，东方已白，乃在大梅花树下，翠羽啾嘈，月落参横，但惆怅而已。”此后，便用“罗浮梦”比喻好景不长，人生如梦。也用“罗浮美人”“罗浮梦”等代指梅花。东坡纵诗情徜徉至九霄云外，直至蓬莱宫中，构想了一幅梦幻的仙境图。他在罗浮山见到了岭南特有的珍禽“倒挂子”，“绿毛红喙，如鹦鹉而小”，便疑心此鸟不是尘世间的生物，而是来自东海的仙山蓬莱。“蓬莱宫中花鸟使，绿衣倒挂扶桑暾”一句对“绿毛么凤”的描写实中有虚，虚中有实，实的一面是写罗浮山下梅花村有岭南珍禽“倒挂子”，虚的一面是想象它是“蓬莱宫中花鸟使”。而这“花鸟使”见“我”如此落魄，特派遣啄木鸟来叩响我的门，邀我加入一场盛宴。麻姑娘娘也随即而来，为“我”扫去从世间沾染的尘埃。此时，花鸟们也开口说话，吟唱舞蹈。然而，此等场景终归是虚幻，末了，“酒醒人散山寂寂，惟有落蕊黏空尊”。盛大的宴会结束了，“我”也醒来了。周遭一切归于寂静，只见几瓣落花粘在酒杯上。

东坡将内心的苦涩，都化在一杯又一杯含着梅花香气的酒中。狂醉一场，也是一种无言的抒发。在创作了这两首梅花诗后，东坡犹感不足，等到花落的时候，再用前韵，写就了《花落复次前韵》。东坡在惠州一连写了三首咏梅诗，前人称之为“韵险而语工，非大手笔不能到”（《遯斋闲览》）。东坡钟情于写咏梅诗，将梅视作自己的化身，大概因为梅与自己一样，都懂得“苦寒”二字吧。由此可从他与梅花相看两不厌的精神互动中窥见，即使身处困顿，东坡也可以超脱世俗的纠结与困扰。

# 谁见幽人独往来

评《寄邓道士》

## 东坡原作

### 寄邓道士

罗浮山有野人，相传葛稚川之隶也。邓道士守安，山中有道者也。尝于庵前见其足迹，长二尺许。绍圣二年正月二日，予偶读韦苏州《寄全椒山中道士》诗云：“今朝郡斋冷，忽念山中客。涧底束荆薪，归来煮白石。遥持一樽酒，远慰风雨夕。落叶满空山，何处寻行迹。”乃以酒一壶依苏州韵作诗寄之。

一杯罗浮春，远饷采薇客。
遥知独酌罢，醉卧松下石。
幽人不可见，清啸闻月夕。
聊戏庵中人，空飞本无迹。

## 现代译文

我准备了一杯自家酿的罗浮春酒，馈赠隐居采薇而食的邓守安道士。

我们心有灵犀，虽相距遥远，但我知道你独自饮酒后，会醉卧松树下的石头上。

隐士高人不容易见到，只能在月夜里听到他清亮悠长的啸鸣声。

罗浮山的野人在空中飞行，本来不留足迹，但为了戏邓道士，姑且在庵前留下了长二尺许的大脚印。

## 评析鉴赏

此诗作于宋绍圣二年（1095）一月。邓道士，即邓守安，是东坡来惠之后结交的好朋友。他性格拙野朴讷、勤身济物，凡利民之事如募修东新桥等，都全力以赴，而且不要报酬，人称“山中有道者”。而那种寄情山水、无所挂碍的幽人般的生活，正是刚到惠州的东坡所期盼的。根据诗歌前面的序言可知，东坡非常崇拜唐代诗人韦应物，尤其喜欢他的《寄全椒山中道士》，便和韵而作此诗，连题目也很相似，叫作“寄邓道士”，然后寄给了邓守安。

开篇的“一杯罗浮春，远饷采薇客”句，忆起与邓守安的交往，往日的畅饮时刻历历在目。东坡不仅喜饮酒，而且善酿酒，还喜欢给酒命名。这个“罗浮春”品牌，是有来处的。《寓居合江楼》作于宋绍圣元年（1094）十月，比此诗早几个月，其中有“三山咫尺不归去，一杯付与罗浮春”之句，东坡还特意为此酒加了一个简要的说明（自注）：“予家酿酒，名罗浮春。”在东坡看来，用自家所酿之酒款待客人，是最高的礼遇。“遥知独酌罢，醉卧松下石”句，刻画了一个“以天为盖、以地为舆”，恬然无思、淡然无虑的道士形象。“醉卧松下石”，寥寥五字，率真写意。“松石”意象，带有隐逸的意味，符合唐宋文人雅士的追求。刻画“松石”意象比较有名的有王维的“明月松间照，清泉石上流”、贾岛的“松下问童子，言师采药去”等。“幽人不可见，清啸闻月夕”句，从上一句对邓守安的外在描写过渡到此句的内在摹状。其中的“幽人”之词，也是唐宋诗词中常见的意象。“幽人”源自《周易》，本义为“幽隐之人”，后来多被引用为隐士的代称。联系东坡的生平来看，“幽人”承载了东坡太多的生命体验：对宦海沉浮的失意，对魔幻世事的消解，对本真人生的探寻。“聊戏庵中人，空飞本无迹”句，蕴含着深刻的人生哲思。其中的“空飞”，指像飞鸟在空中飞，契合了东坡诗词中经常用到的“鸿”的意象。人生飘忽不定，一如青年东坡当初赠予其胞弟苏辙的警句

“人生到处知何似，应似飞鸿踏雪泥”——唯有保持定力，才能自由地翱翔。

《寄邓道士》可以和东坡作于黄州期间的《卜算子·黄州定慧院寓居作》对比来品读：“缺月挂疏桐，漏断人初静。谁见幽人独往来，缥缈孤鸿影。　　惊起却回头，有恨无人省。拣尽寒枝不肯栖，寂寞沙洲冷。”两首作品中均有“幽人”意象，“空飞”对应“孤鸿”，“无迹”对应“缥缈”，“清啸闻月夕”对应“漏断人初静”。当然，两首作品在意境营造、心迹抒发方面是有明显不同的。作《卜算子·黄州定慧院寓居作》时，东坡还未完全从被贬谪的苦闷生活中解脱出来，缺月、疏桐、幽人、孤鸿等意象，写尽人生况味，道尽内心凄苦；作《寄邓道士》时，东坡已经心静如镜，闲看花开花落，漫随云卷云舒，所以他的刻画能够生活化、世俗化，完全没有《卜算子·黄州定慧院寓居作》中那种凄风苦雨的意象。

东坡是传统的士大夫，经世济民的儒家理念，是其一生始终关切的现实话题，即使是他贬谪黄州、惠州、儋州期间，亦是如此，可谓“穷”也“兼济天下”。另一方面，仕途不顺，命运多舛，让他非常注重心性的锤炼、体认。他自号“铁冠道人”，认同道家天人合一、崇尚自然，佛家众生平等、无情有性的理念。在黄州，他向往“浩浩乎如凭虚御风，而不知其所止；飘飘乎如遗世独立，羽化而登仙”这种超脱尘世的境界，追求精神自由。宋绍圣元年（1094）六月，年近花甲的东坡被贬至惠州。惠州罗浮山为葛洪炼丹修行之地。在惠州，他与儿子苏过在葛洪炼丹灶附近搭建“东坡山房”，潜心修炼，甚至梦中也与葛洪谈论修炼之事。

东坡博采众长，善于陶熔，将儒、道、佛融于一体，并集其大成，其境界通达古今，其诗文心游万仞。尤其是东坡扬弃了道家思想，不仅使其成为一剂化解人生厄运的良药，而且化育了浩然之气与旷达襟怀，最终成就了高拔、卓立的不凡人格。

# 人生虚如梦　沉浮一瞬间

评《上元夜》

## 东坡原作

### 上元夜

前年侍玉辇，端门万枝灯。
璧月挂罘罳，珠星缀觚棱。
去年中山府，老病亦宵兴。
牙旗穿夜市，铁马响春冰。
今年江海上，云房寄山僧。
亦复举膏火，松间见层层。
散策桄榔林，林疏月鬅鬙。
使君置酒罢，箫鼓转松陵。
狂生来索酒，一举辄数升。
浩歌出门去，我亦归瞢腾。

## 现代译文

前年上元夜在端门外陪同皇帝宴饮，人间端门外万千灯火辉煌。

天上一轮圆月如璧玉，挂在宫门外或城墙角，宫阙上转角处的瓦脊梁上可见星如连珠。

去年在定州知州任上我虽然年老多病，仍然认真操练军队、守备边防。

将军我的牙旗威风凛凛穿过夜市，铁骑奔突，踏震得春冰作响，似乎要裂开一样。

今年我在贬地惠州，居住在萧条破败的嘉祐寺，灯火明暗，松林层叠。

策杖漫步桄榔林，月光下树木稀疏纷乱像散乱的头发。

知州詹范置办酒宴庆贺上元节，箫鼓奏乐转响松林。

狂生贾道人讨要酒喝，豪饮数升。

贾道人高歌出门，我归去时也感觉喝多了，已经神智迷糊不清楚了。

## 评析鉴赏

此诗作于宋绍圣二年（1095）正月十五。是夜，惠州知州詹范置酒观灯，东坡作此诗。上元：即元宵节，又称“元夕”，为阴历正月十五，一年中第一个月圆之夜。中元，即中元节，又称“鬼节”，为阴历七月十五，这天人们祭祀亡亲、缅怀祖先，类清明节祭祀。下元，为阴历十月十五，香烛祭品拜祀水官大帝禹，以求平安，又称“消灾日”“下元水官节”。

第一句“前年侍玉辇”至第十二句“松间见层层”，将前年、去年、今年上元夜的所作所为和生活状态进行比较，纪昀《纪评苏诗》卷三九谓之“不著一语，寄慨自深”。

前四句“前年侍玉辇，端门万枝灯。璧月挂罘罳，珠星缀觚棱”。侍：侍奉、陪同。玉辇：古代皇帝乘坐的用玉装饰的车子。东坡有《上元侍饮楼上三首呈同列》（一作《正月十四日夜扈从（扈从，跟随、随从皇帝或官吏，此指皇帝）端门观灯三绝》）。端门：皇宫南门正门，即宣德门。元夕（上元节、元宵节），皇帝登宣德门以宴群臣。万枝灯：极言很多灯。璧月：称圆月像玉璧洁白无瑕。罘罳（fú sī）：古代设在宫门外或城墙角的屏障，外形像网，上面有孔，用于守望或防御。珠星：星如连珠。觚棱：宫阙上转角处的瓦脊梁，其呈方角棱瓣形状。东坡时任端明殿学士兼翰林侍读学士，守礼部尚书，故有上元夜在端门外陪同皇帝宴饮的荣耀。前年上元夜景色美不胜收，人间端门外万千灯火辉煌，天上一轮圆月如璧玉，挂在宫门外或城墙角，宫阙上转角处的瓦脊梁上可见星如连珠。

“去年中山府，老病亦宵兴。牙旗穿夜市，铁马响春冰”四句。去年即宋元祐九年（1094），四月十二日改元，年号绍圣。夏四月，东坡遭谗言被降职，闰四月离开定州南下。中山府：指定州（今河北省定州市，省辖县级市，由保定市代管）。《太平寰宇记》卷六二谓定州是“战国时中山国”。张擢《中山记》：“郡里中山城。城中有山，故曰中山。”宵兴：夜起。牙旗：将军的旌旗，竿上以象牙装饰。铁马：披铁甲的战马，泛指精锐骑兵。春冰：春天之冰。宋元祐九年（1094）上元节，东坡在定州知州任上。当年八月一日东坡继夫人王闰之卒于京师（京城汴梁，今河南开封市），继而支持“旧党”（反对王安石新法的大臣们）的宣仁高太后于九月崩。哲宗皇帝亲政，“山雨欲来风满楼”，不准出知定州的东坡入皇宫辞别皇帝，东坡预感到朝政即将发生变化。即或这样，老病的东坡，在定州知州任上仍然认真操练军队、守备边防。将军牙旗威风凛凛穿过夜市，铁骑奔突，踏震得春冰作响，似乎要裂开一样。

“今年江海上，云房寄山僧。亦复举膏火，松间见层层。散策桄榔林，林疏月鬅鬙。使君置酒罢，箫鼓转松陵”八句。江海：泛指岭南，此代惠州。云房：僧道或隐者所居之室，此指寄居嘉祐寺。膏火：灯火。散策：扶杖散步，杖策而行。桄榔：木名。林疏月鬅鬙（péng sēng）：头发散乱貌，此喻山石花木等在月光照射下参差散乱。使君：对州郡长官的尊称，此指惠州知州詹范。箫鼓：箫与鼓，泛指奏乐。东坡已在贬地惠州，居住在萧条破败的嘉祐寺，灯火明暗，松林层叠。策杖漫步桄榔林，月光下树木稀疏纷乱像散乱的头发。知州詹范置办酒宴庆贺上元节，箫鼓奏乐转响松林。

“狂生来索酒，一举辄数升。浩歌出门去，我亦归瞢腾”，最后四句分述贾道人与自己。前两句写贾道人的任情不拘，讨要酒喝，且豪饮数升。狂生：性格豪爽、狂放不羁、不受约束的人，东坡自注狂生是“贾道人”。索酒：讨取酒喝。杜甫《少年行》：“不通姓名粗豪甚，指点银瓶索品尝。”后两句写高歌出门，自己归去时也饮酒过多、迷糊不清楚了。“浩歌”句化用李白《南陵别儿童入京》的“仰天大笑出门去，我辈岂是蓬蒿人”。瞢腾（méng téng）：蒙眬迷糊。纪昀《纪评苏诗》卷三九说末两句“委顺之意，言外见之”，即三年间东坡的人生发生了翻天覆地的变化，官场遭遇不测，虽被贬谪惠州，但能接受现实，心态平和，顺应自然。

# 岭南人花美　诗中黄四娘

评《正月二十六日，偶与数客野步嘉祐僧舍东南，野人家杂花盛开，扣门求观。主人林氏媪出应，白发青裙，少寡独居，三十年矣。感叹之余，作诗记之》

## 东坡原作

### 正月二十六日，偶与数客野步嘉祐僧舍东南，野人家杂花盛开，扣门求观。主人林氏媪出应，白发青裙，少寡独居，三十年矣。感叹之余，作诗记之

缥蒂缃枝出绛房，绿阴青子送春忙。
涓涓泣露紫含笑，焰焰烧空红佛桑。
落日孤烟知客恨，短篱破屋为谁香。
主人白发青裙袂，子美诗中黄四娘。

## 现代译文

青白色的花蒂，浅黄色的花枝，从大红色的花房中探出，绿荫深深，果实青涩，正在宣告春天的到来。

含笑花上的露水像泪水滴下，涓涓细流不绝，朱槿花颜色鲜艳，如火苗烧红了天空。

日落时分，孤烟袅袅，似乎懂得我这贬谪客居之人的惆怅苦闷，矮小的篱笆栅栏、破旧的房屋内杂花盛开，不知道这些花为谁而开、香气送谁。

扣门求观美丽的花朵，应声开门的是头发花白、身着青裙的林婆，她简朴美丽，好像杜甫笔下的黄四娘。

## 评析鉴赏

此诗作于宋绍圣二年（1095）正月二十六日。首句“缥蒂缃枝出绛房”写花开。缥蒂：淡（浅）青色花蒂。缃枝：浅黄色花枝。绛房：深红色（大赤色）花房（花冠）。唐代杜牧《出宫人二首》其一：“醉折梨园缥蒂花”。李商隐《和张秀才落花有感》：“晴暖感馀芳，红苞杂绛房。”若说首句是近镜头，那么次句“绿阴青子送春忙”就是远观一片，春色盎然，一片葱茏。第三、第四句“涓涓泣露紫含笑，焰焰烧空红佛桑”，聚焦于两个具体的花树，以拟人手法写湿润泣露的紫含笑花，比喻手法极写朱槿花（红佛桑）红色似火举烧天空。紫含笑：含笑花的一种。宋代陈善在《扪虱新话》卷一五《花木类·南地花木北地所无》记载：“含笑有大小。小含笑香犹酷烈，有四时花，惟夏中最盛。又有紫含笑、茉莉含笑，皆以日西入稍阴则花开，香犹扑鼻。”红佛桑：唐代刘恂《岭表录异》卷中云，“岭表朱槿花，茎叶者如桑树，叶光而厚，南人谓之佛桑。树身高者止于四五尺，而枝叶婆娑。自二月开花，至于仲冬方歇。其花深红色，五出，如大蜀葵，有蕊一条，长于花叶，上缀金屑，日光所烁，疑有焰生。一丛之上，日开数百朵，虽繁而有艳，但近而无香。暮落朝开，插枝即活，故名之槿。俚女亦采而鬻，一钱售数十朵”。

前四句纯写景，后四句开始出现景中人。第五、第六句“落日孤烟知客恨，短篱破屋为谁香”，上句写诗人自己，诗人贬谪荒蛮之地，只有落日孤烟懂自己的政治失意；下句故意设问，春天本就是万物复苏、百花齐放的美丽季节，而面前的这些盛开的杂花尤其动人，美花堪配什么样的主人呢？第七句“主人白发青裙袂”，回答了上面诗人的设问，叩门求近距离观花，应声而出的是主人林婆，诗人第一眼所见就是林婆的白发青裙，给人简朴淡雅的好感。经过攀谈，诗人得知，林婆年轻时丈夫就去世了，已经寡独居了三十年，听后让人感叹唏嘘人生无常和林婆不易。第八句“子美诗中黄四娘”，诗人将林婆比作唐代杜甫笔下的“黄四娘”。杜甫

《江畔独步寻花七绝句》其六："黄四娘家花满蹊，千朵万朵压枝低。留连戏蝶时时舞，自在娇莺恰恰啼。"林婆寡居多年，虽然生活简朴，以卖酒为生，但她短篱破屋却杂花相伴的生活品位，以及后来作为东坡白鹤峰西邻体现的和睦、仁爱之心（东坡《白鹤新居上梁文》有"年丰米贱，林婆之酒可赊"句），与黄四娘比起来，有过之而无不及。东坡《书子美黄四娘诗》曰："此诗虽不甚佳，可以见子美清狂野逸之态，故仆喜书之。昔齐鲁有大臣，史失其名；黄四娘独何人哉，而托此诗以不朽，可以使览者一笑。"林婆因东坡作品传名后世，与黄四娘因杜甫诗作而千古的道理是一样的啊。

# 人生有味是清欢

评《二月十九日携白酒、鲈鱼过詹使君，食槐叶冷淘》

## 东坡原作

### 二月十九日携白酒、鲈鱼过詹使君，食槐叶冷淘

枇杷已熟粲金珠，桑落初尝滟玉蛆。
暂借垂莲十分盏，一浇空腹五车书。
青浮卵碗槐芽饼，红点冰盘藿叶鱼。
醉饱高眠真事业，此生有味在三余。

## 现代译文

枇杷已经成熟，宛如金灿灿的圆珠。这一坛新开的桑落酒，泛着一层层洁白的酒花。

我暂时借用詹使君像垂莲一样的酒盏痛饮一番，用来浇灭曾经满腹经纶的胸中块垒。

卵白釉碗里盛放槐叶冷淘饭，其色鲜嫩碧绿。白瓷盘中放着藿叶切成薄片的鱼肉，鱼肉点点红色，与白瓷盘交相辉映。

吃饱、喝醉、睡好才是最惬意的事，人生最有滋味的就是这样的闲暇时光。

## 评析鉴赏

此诗作于宋绍圣二年（1095）二月十九日，其时东坡来到惠州四月有余。这是春节过后一个春光明媚的日子，东坡携带着白酒、鲈鱼，前去拜访惠州知州詹范。詹范以枇杷、桑落酒、槐芽饼、藿叶鱼等美食热情款待，与东坡开怀畅饮，其乐融融。

“枇杷已熟粲金珠，桑落初尝滟玉蛆”句，点明东坡和詹范在春明景和的季节相聚，色彩斑斓的美食世界衬托了他们聚会的欢快场景。“暂借垂莲十分盏，一浇空腹五车书”句，由物及事，由今及往，把酒碰盏之间，浇尽胸中块垒。宋绍圣元年（1094）十月，东坡被贬惠州，政治抱负不能施展，报国之志未被接纳，多少会心灰意冷。虽仕途受挫，但惠州民众热情有加，“吏民惊怪坐何事，父老相携迎此翁”——惠州知州詹范亲自带领众街坊前来迎接他，让东坡好生感动。詹范素来景仰东坡，东坡甫到惠州，詹范便将其安置到景色优美、位于“二江合处”的合江楼居住。东坡后来在《与徐得之》中称“詹使君，仁厚君子也。极蒙他照管”。在詹范的“照管”和民众的关切下，东坡漂泊的心境得以平静。如果说首联是写远景的话，那么颈联“青浮卵碗槐芽饼，红点冰盘藿叶鱼”则是近镜头，除了美酒，还有在卵白釉碗里盛放的槐叶冷淘饭，其色鲜嫩碧绿；在白瓷盘中放着的霍叶切成薄片的鱼肉，鱼肉点点红色，与白瓷盘交相辉映。其形其色，栩栩如生。“醉饱高眠真事业，此生有味在三余”句，在历经宦海沉浮、过尽千帆之后，东坡只想洗涤一下心扉，定一定情怀，真个是“人间有味是清欢”。他眼中的清欢，如家常、如俗世，求澄澈、求宁静，不浓稠、不热烈，忌寡淡、忌浮躁。

从写作时的心境、作品内容和风格来看，此诗和《初到黄州》完全可以看作姊妹篇。写于宋元丰三年（1080）的《初到黄州》全诗如下：“自笑平生为口忙，老来事业转荒唐。长江绕郭知鱼美，好竹连山觉笋香。逐客不妨员外置，诗人例作水曹郎。只惭无补丝毫事，尚费官家压酒囊。”

两首诗歌都写于东坡被贬初期，都带有自嘲的口吻，但骨子里却透露出一种旷达之气。从“自笑平生为口忙，老来事业转荒唐”，到“醉饱高眠真事业，此生有味在三余”，从中亦可窥见东坡幽微的心理变化，以及对于“事业”、对于“内圣外王”（简言之就是“穷则独善其身，达则兼济天下”）的理解渐趋成熟。既然“锐于报国”的志向暂时不能得以实现，那就从厄运中解脱出来，寻求心灵的转向和灵魂的涅槃。这何尝不是一种人生的“事业”？

“事业”一词最先见于《易·坤》：“美在其中，而畅于四支，发于事业，美之至也。”对于“事业”，唐代孔颖达注疏曰：“所营谓之事，事成谓之业。”东坡弱冠及第，年轻有为，后来曾任职密州、徐州、湖州、登州、杭州、密州、颍州、扬州、定州等地，扶贫济困，兴修水利，政通人和，颇得声望。从杭州赴任密州的路上，他曾作词《沁园春（孤馆灯青）》，其中的“有笔头千字，胸中万卷，致君尧舜，此事何难”之句，志得气盈，浩气干云。乌台诗案发生后，负责审讯的官员奉迎上意，竭力罗织罪名，欲置东坡于死地，他写诗《予以事系御史台狱，狱吏稍见侵，自度不能堪，死狱中，不得一别子由，故作二诗授狱卒梁成。以遗子由》（二首），发出“是处青山可埋骨，他年夜雨独伤神”“梦绕云山心似鹿，魂惊汤火命如鸡”的感叹。这是东坡人生的至暗时刻。贬谪黄州后，东坡虽然也曾遭遇吃穿用度严重不足等现实生活问题，但他很快从人生厄运中走出来，开荒辟地，躬耕东坡，宴请友人，作诗写字，研磨作画，他自谓“吾非逃世之事，而逃世之机”（我并不是想逃避世上的各种事务，而是想逃避那些钩心斗角、尔虞我诈的规则和机制）。

第二次被贬，东坡被安置到惠州。面对逆境时的从容、善于化解厄运的通达，涵养了他既能融入世俗，又能超越世俗的生活智慧和达观心态。在黄州经历过“江海寄余生”的东坡，寓居惠州后寄情山水、躬耕田园，成为一个“无可救药的乐天派”（林语堂语）。他去汤泉洗温泉，赞美“溪流变春酒，与我相宾主”；他夜里观月，为西湖留下“一更山吐月，玉塔卧微澜”的剪影；他向本地的一位朋友借了一块菜地，亲自耕种。有一次，东坡雨后游菜园，感觉特别有情趣，便作诗《雨后行菜圃》，赞叹“芥蓝如菌蕈，脆美牙颊响。白菘类羔豚，冒土出蹯掌。谁能视火候，小灶当自养”。在惠州，东坡还写过一些专门记述农耕稼穑、本土风物的诗歌，如《记惠州土芋》《菜羹赋》《记菊》《种茶》等，很有生活情调。

“人间有味是清欢”，出自东坡所作《浣溪沙》：“细雨斜风作晓寒。淡烟疏柳媚晴滩。入淮清洛渐漫漫。 雪沫乳花浮午盏，蓼茸蒿笋试春盘。人间有味是清欢。”根据词作序言，此词作于宋元丰七年（1084）十二月二十四日。是年三月，东坡在黄州度过了四年谪居生活后，被命迁河南汝州团练副使。据《宋史·苏轼传》记载，宋神宗念东坡“人材实难”而“不忍终弃”，便亲书手札下达诰命。东坡后来上书朝廷，请求罢免汝州之职，想回宜兴休养。该诗就是在这种背景下创作的，颇有一番“清风明月入怀抱”“余年还作陇亩民”的意味。

何谓清欢？比东坡年长二十多岁的北宋理学家邵雍有这样切中肯綮之语：“清欢少有虚三日，剧饮未尝过五分。相见心中无别事，不评兴废只论文。”大概意思是说，要凡事有度、心无挂碍、闲逸自由、超脱旷达。

于东坡而言，清欢是“远山长，云山乱，晓山青”，是“酒花白，眼花乱，烛花红”，是“湖中月，江边柳，陇头云”。这大约也是东坡破解“人生底事，来往如梭”的精神密码。

# 人世皆梦幻　南来眞良图

评《四月十一日初食荔支》

## 东坡原作

### 四月十一日初食荔支

南村诸杨北村卢，白华青叶冬不枯。
垂黄缀紫烟雨里，特与荔子为先驱。
海山仙人绛罗襦，红纱中单白玉肤。
不须更待妃子笑，风骨自是倾城姝。
不知天公有意无，遣此尤物生海隅。
云山得伴松桧老，霜雪自困楂梨粗。
先生洗盏酌桂醑，冰盘荐此赪虬珠。
似开江鳐斫玉柱，更洗河豚烹腹腴。
我生涉世本为口，一官久矣轻莼鲈。
人间何者非梦幻，南来万里真良图。

## 现代译文

南村有杨梅，北村有卢橘，都有白色的花，青色的叶子，经冬不败。

它们在烟雨蒙蒙的春天开始成熟，杨梅黄色的果实累累下垂，卢橘紫色的果实缀满枝头，杨梅、卢橘都是特别为荔枝成熟作为先驱而到来的。

荔枝外壳好似海上神山的仙女穿着的深红色丝绸短袄，荔枝壳与瓤肉之间的膜像穿了件汗衫，瓤肉像洁白如玉的美人皮肤。

荔枝如倾国倾城的绝代佳人一样，自有独特风骨，不需因杨贵妃的嗜爱而闻名天下。

天帝派遣这珍品尤物到南海边，不知道是有意为之，还是无意使然。

荔枝生于南方，与云山松柏杂处同长，不同于北方的山楂、梨子，因久困风霜而果实粗糙。

我清洗酒杯，小酌自酿桂酒，用洁白晶莹的大瓷盘，盛装这红火如赤龙珠般的荔枝。

我听说荔枝的美味好似开斫品尝名贵的海味珍品江鳐柱一样，又像春月河豚珍贵腹部肥肉那样鲜美。

我生在世上，本来是为了养家糊口吃碗饭，为求得一官半职，早已看淡了乡土之念。

人世间到处都是梦幻虚无，我能在惠州吃到这么美味的荔枝，看来贬谪到南方荒蛮之地真是上天美好的谋划呀。

## 评析鉴赏

此诗作于宋绍圣二年（1095）四月十一日。《荔枝谱》载，“六七月时，色变绿。又火山本出广南，四月熟……闽中近亦有之。东坡所云四月十一日，是特广南火山者耳。《太平寰宇记》：火山直对梧州城，山上有荔支，四月先熟。以其地热，故曰火山。核大而味酸”。“南村诸杨北村卢”句下有东坡自注：“谓杨梅卢橘也。”《能改斋漫录》载梁萧惠开云：“南方之珍惟荔支，其味绝美。杨梅、卢橘，自可投诸藩溷（hùn，藩溷，意指篱笆和厕所）。’故东坡诗云：‘南村诸杨北村卢’，‘直与荔枝为先驱’。”卢橘即枇杷，形似橘，初生时青卢色，成熟后金黄色，方言称之为“卢橘”。宋代惠洪《冷斋夜话》卷一载：“东坡诗‘客来茶罢空无有，卢橘杨梅尚带酸’。张嘉甫曰：‘卢橘何种果类？’答曰：‘枇杷是矣。’”宋代唐庚《李氏山园记》：“枇杷、卢橘，一也。”也就是说，“卢橘”就是枇杷另外的称呼，唐代人已经开始这样称呼枇杷了。清代林昌彝《海天琴思录》卷三记载，“昔人议东坡用卢橘事，不知唐人已用作枇杷者。樊珣状江南仲夏：‘卢橘垂金弹，甘蕉吐白莲。’”本诗前四句，都是为了衬托后面荔枝的出现。第一句“南村诸杨北村卢”，南村、北村并非实指具体村庄，而是泛指很多地方卢橘、杨梅开始成熟。第二句“白华青叶冬不枯”、第三句“垂黄缀紫烟雨里”，分别描写卢橘、杨梅的花叶经冬长在、常青不枯萎，赋予果实人的情感，较其高下，以春天早早成熟但味不美为陪衬，显示美味的荔枝虽后来却居上。接下来两句“海山仙人绛罗襦，红纱中单白玉肤”，写荔枝的形状奇特，将荔枝比喻成穿着丝绸短袄的海山仙人，描绘荔枝的三层结构：外面红纱壳，中间膜类汗衫，里面肉瓤似美女洁白如玉的皮肤。“不须更待妃子笑，风骨自是倾城姝”，反用唐代杨贵妃爱吃荔枝，正用李延年向汉武帝推荐其倾国倾城妹妹的典故，拟人手法夸赞荔枝像李延年妹妹那样风华绝代、风骨清丽、独特卓绝。荔枝之名，不需要假借杨贵妃的酷爱而闻名。南宋严羽说国朝人作诗好发议论，“不知天公有意无，遣此尤物生海隅”两句宕开一笔，感叹天生尤物，尤其在海边偏僻荒蛮之邦，居然能有荔枝这样的奇特物产。“云山得伴松桧老，霜雪自困楂梨粗”，写了荔枝的生长环境，不娇贵，且能与松柏（桧：圆柏）这些高洁之树相伴成长，又与北方久困霜雪的山楂、梨树粗糙果实相比，更见荔枝的超乎寻常。

从“先生洗盏酌桂醑”开始，诗人由物及人，融入自己的人生经历和感悟。“先生洗盏酌桂醑，冰盘荐此赪虬珠。似闻江鳐斫玉柱，更洗河豚烹腹腴”，结合荔枝的赤龙珠般外形，褒奖荔枝味美堪比名贵佳肴江鳐柱、河豚腹。“似闻江鳐斫玉柱，更洗河豚烹腹腴”这句话下，东坡自注：“予尝谓荔枝厚味、高格两绝，果中无比，惟江鳐柱、河豚鱼近之耳。”东坡《荔枝似江瑶柱说》载，“仆尝问：‘荔枝何所似？’或曰：‘似龙眼。’坐客皆笑其陋。荔枝实无所似也。仆曰：‘荔枝似江瑶柱。’”“我生涉世本为口，一官久已轻莼鲈”，前句是作者的随口自我宽慰之词，东坡做官并非为口腹之欲，他尊主泽民，一生奉儒守官，哪怕被贬黄州、惠州、儋州时，也不忘守其初心，“轻莼鲈”之说谁能信之？“轻莼鲈”典故来自《晋书·张翰传》。张翰，字季鹰，西晋文学家，西汉留侯张良后裔，吴郡吴县（今江苏省苏州市）人，齐王司马冏执政，辟为大司马东曹掾，“（张）翰因见秋风起，乃思吴中菰菜、莼羹、鲈鱼脍，曰：‘人生贵适志，何能羁宦数千里，以邀名爵乎？’遂命驾而归”。这里东坡反用张翰典故，意思是不会像张翰那样清高、轻易放弃做官，因为东坡自己做官只是为了像世俗人一样糊口，没有太多高洁想法，时间长了，此心安处即吾乡。最后两句“人间何者非梦幻，南来万里真良图”，更进一步扩大自己这种想法，从小小的荔枝美味，联想到自己这次贬谪惠州，都变成非常好的人生规划图谋了。

纪昀《纪评苏诗》卷三九评此诗曰：“生香真色，涌现毫端，非此笔不能写此果。宋人诗话以失之太豪少之。所谓以词害意，食荔枝何由搀入省愆悔过语耶？”也有高评此诗的，清代高步瀛《唐宋诗举要》赞此诗：“情景音节皆极入妙，可为咏物诗之轨则。”

# 我欲随君去　何人识故侯

评《赠王子直秀才》

## 东坡原作

### 赠王子直秀才

万里云山一破裘，杖端闲挂百钱游。
五车书已留儿读，二顷田应为鹤谋。
水底笙歌蛙两部，山中奴婢橘千头。
幅巾我欲相随去，海上何人识故侯。

## 现代译文

王子直秀才身穿破旧的皮衣服云游万里山水，手杖端头常挂百钱（很多钱）闲游四方。

家里富藏五车书留给儿孙后代诵读，鹤田山还有二顷田地可供耕种。

王子直家住处幽静，蛙鸣如乐，果树千株。

我想头戴幅巾追随王子直秀才归隐，只是江海之上谁能认识曾做故侯的我呢。

## 评析鉴赏

此诗作于宋绍圣二年（1095）四月初。王子直，名原，住虔州鹤田山，号鹤田处士。东坡《题嘉祐寺壁》："绍圣元年十月二日，轼始至惠州，寓居嘉祐寺松风亭。杖屦所及，鸡犬皆相识。明年三月，迁于合江之行馆。得江楼廓彻之观，而失幽深窈窕之趣，未见所欣戚也。峤南岭北，亦何以异此。虔州鹤田处士王原子直，不远千里，访予于此，留七十日而去。"宋绍圣二年正月二十四日，东坡与王子直等游罗浮道院，东坡作有诗《正月二十四日，与儿子过、赖仙芝、王原秀才、僧昙颖、行全、道士何宗一同游罗浮道院及栖禅精舍。过作诗，和其韵寄迈、迨一首》。正月二十四日，王子直刚从虔州来惠州拜访东坡，留七十日，王子直离开惠州应在四月初。王文诰《苏诗总案》卷三九《别王子直》："乃王原（字子直）同寓（嘉祐）寺中，至是原将归，公复过之，因以题壁，是原之去在三月杪明矣。"杪：树梢，末尾。三月杪：三月末。可见《别王子直》一文作于宋绍圣二年三月末，当时东坡已经迁回合江楼。王子直先与东坡同住嘉祐寺，后东坡迁居合江楼后，王子直继续住嘉祐寺，将归虔州时，东坡到嘉祐寺壁送别他。

此诗前六句写王子直，后两句写作者自己。第一、第二句"万里云山一破裘，杖端闲挂百钱游"，描绘王子直的外表形象、活动行迹，他拄着手杖，云游天下，尤其运用杖头挂百钱的典故，王之直潇洒自如的样子鲜明生动、跃然纸上。"杖端闲挂百钱游"典故出自《世说新语·任诞》："阮宣子（阮修，字宣子）常步行，以百钱挂杖头。至酒店，便独酣畅，虽当世贵盛不肯诣也。""五车书已留儿读，二顷田应为鹤谋"写王子直家教家风和家产，家有薄田自给自足，留给子孙的是丰富的藏书。"五车书"指读书多，典自《庄子·天下》："惠施多方，其书五车。""为鹤谋"，南宋王十朋集注引赵次公曰："为鹤谋，缘子直住鹤田山也。""水底笙歌蛙两部，山中奴婢橘千头"，用了两个典故，前句多本古书有提及，孔稚珪丰神清朗，不喜欢参与世俗之事，住宅盛营山水，《南史·孔稚珪传》载，“孔德彰门庭之内，草莱不剪，中有蛙鸣。或问之曰：‘欲为陈藩乎？’曰：‘我以此当两部鼓吹，何必效蕃’”。陈藩是东汉名臣，清廉正直，少年时就志向高远，因专心学习，院内杂草丛生，其父亲好友来访见状，责备陈蕃不整洁失礼数，陈蕃说：大丈夫当以扫洁天下为己任，岂能仅守一屋之净乎？“鼓吹”源自古代吹奏乐器和打击乐器的马上合奏，这里形容蛙鸣声。后句典故出自《三国志·吴书·孙休传》裴松之注引《襄阳记》：“（李）衡每欲治家，妻辄不听。后密遣客十人于武林龙阳汜洲上作宅，种柑橘千株。临死，敕儿曰：‘汝母恶我治家，故穷如是。然吾洲里有千头木奴，不责汝衣食，岁上一匹绢，亦可足用耳。’”后人称橘子为“木奴”。

“幅巾我欲相随去，海上何人识故侯”，东坡睹人思己，也想效法追随王子直过闲云野鹤般的生活，只是感叹海上有谁能认识我这个曾经为官的人呢？“幅巾”指古代男子不戴冠，只用一幅绢布束发。汉末，王公大臣多穿王服，以着幅巾为雅。东坡《两桥诗》之《西新桥》诗云：“探囊赖故侯，宝钱出金闺。”此句的“故侯”与本诗“海上何人识故侯”中的“故候”同，都是东坡的自称。“故侯”典故出自《史记·萧相国世家》，秦亡后，东陵侯召平在长安东门种瓜，瓜美，世谓之“东陵瓜”，又称“故侯瓜”。后泛指曾任长官的人，常作为失意隐居的典故使用。东坡曾做过知州，故以故侯自比，暗含了自己的官场不得志。

我们可从东坡在惠州萌生遍和陶渊明诗歌的想法，为本诗作注。虽说东坡和陶后，他的诗风文风有了新的变化，但他自己都说更是为了陶写抑郁，他更爱的是陶渊明其人。自己与陶渊明一样性格刚偏、不容于世，但东坡并未选择陶渊明那样隐居生活，而是始终不离不弃坚守在为官的道路上，东坡是真儒士，陶渊明是真隐士。可贵的是，官场不如意时，东坡援佛道入儒，自我调节，排遣苦闷，从而造就了东坡精神，树立了封建文人士大夫的典范。从这种意义上，我们就更容易理解本文最后两诗句的内涵了。

# 我愿天公怜赤子

评《减字木兰花　荔支》

## 东坡原作

### 减字木兰花　荔支

闽溪珍献。过海云帆来似箭。玉座金盘。不贡奇葩四百年。
轻红酿白。雅称佳人纤手擘。骨细肌香。恰似当年十八娘。

## 现代译文

福建盛产荔枝这种珍贵的贡品，为了保鲜，会通过像箭一样的海船运抵京城。

自隋唐以来四百年间，闽地向朝廷大量进贡荔枝这种珍奇物品。可后来用来盛荔枝的玉盘都是空空的。

荔枝外壳淡红，肉瓤白色。其状高雅，与美女纤细柔嫩的手剥开恰好相称。

我今天吃到的荔枝核仁小、果肉香，好像当年被称为“十八娘”的福建荔枝名品。

## 评析鉴赏

此词作于宋绍圣二年（1095）四五月间，描写了福建东南沿海荔枝的特点，其中“轻红酿白”“骨细肌香”描刻了荔枝的色泽鲜艳，活灵活现，形神兼备。联系东坡于宋绍圣元年（1094）十月初抵达惠州的情形来看，此作和《四月十一日初食荔支》一样，均是东坡贬谪岭海后与荔枝“第一次亲密接触”期间的创作结晶。

中国古典诗词，惯用“托物言志”“借景抒情”的艺术手法，一般而言，常常“托物”“借景”在前，“言志”“抒情”于后。此作敢于打破常规，反其道而行之，“言志”于前，“借景”在后，实为东坡着意为之，是对封建社会统治阶级为了口舌之欢，实现“荔枝自由”，不顾民间疾苦的辛辣讽刺。有例为证，《开元天宝遗事》载：“贵妃嗜荔枝，当时涪州致贡，以马递驰载，七日七夜至京。人马多毙于路，百姓苦之。”东坡家国情怀，字里行间可鉴。

上阕咏史。“闽溪珍献，过海云帆来似箭”句，福建荔枝栽培历史悠久，在隋唐时期成为当地进献的贡品。荔枝是一种娇贵的水果，离开树枝就很容易变质、腐败。唐代诗人白居易在《荔枝图序》云：“（荔枝）若离本枝，一日而色变，二日而香变，三日而味变，四五日外色香味尽去矣。”故而荔枝又有“离枝”别称。福建多山河、多丘陵，陆路运输殊为不便，通过海路北上运送荔枝反而更加快捷，故曰“过海云帆来似箭”。“玉座金盘。不贡奇葩四百年”句，北宋钱易所撰《南部新书》记载了福建荔枝进贡朝廷的一则逸事：福建荔枝沿海路抵达鄞县（今浙江省宁波市鄞州区）后，用盐浸渍，以尽可能让其新鲜，“咸通七年（866），以道路遥远，停进”，因此“玉座金盘”只能空空如也。

下阕描刻。“轻红酿白。雅称佳人纤手擘”句，从荔枝外形和果实写起，“红”“白”两个形容词言简意赅。“雅称佳人纤手擘”典出陆机《拟西北有高楼》的“佳人抚琴瑟，纤手清且闲”，既形象贴切，又颇有内涵和底蕴。“骨细肌香。恰似当年十八娘”句，以极具画面感的白描和比拟手法，描写荔枝的品质，“十八娘”一语双关，既是用典，也是比拟，极言荔枝娇翠欲滴和旺盛的生命力。

谪居惠州之前，东坡未曾去过闽地，为何如此喜爱福建荔枝，并称之为“闽溪珍献”呢？考证历史可知，荔枝在中国的种植历史有两千多年。

汉唐以来，荔枝一直被当作贡品；宋代时，荔枝名声大噪，一方面得益于当时种植技术有了极大提高；另一方面得力于荔枝产区学者的努力，特别值得一提的是当时蔡襄写下了现存最早的一本荔枝专著《荔枝谱》。书中记述福建所产的荔枝达到三十二个品种，对荔枝的特点和产地，以及各地所产荔枝优劣进行评价。蔡襄，福建仙游人，年长东坡二十五岁。东坡与蔡襄的交游始于宋嘉祐六年（1061），至宋治平四年（1067）蔡襄去世为止，凡六年。作为东坡仕途和文学艺术上的前辈，蔡襄忠厚正直、学识渊博，素为东坡所景仰。蔡襄对东坡书法的影响非常大，东坡视蔡襄书法为“本朝第一”，并毫不掩饰地说自己曾经研习过蔡襄：“仆书尽意作之似蔡君谟。”由此可见，东坡当然熟知蔡襄专著《荔枝谱》等著作，而以福建荔枝名品“十八娘”比拟惠州荔枝，便也自然而然了。

东坡在惠州写过多首荔枝题材的诗词作品。宋绍圣二年（1095）六月，他食用当年的晚熟荔枝，写出忧国忧民的《荔支叹》。如果说《减字木兰花　荔支》更多是“咏叹”的话，那么《荔支叹》更多是“感叹”。这首古风带有汉代乐府味道，借由荔枝生发开去，夹叙夹议，纵横捭阖，酣畅淋漓，有类似杜甫“三吏”“三别”的“诗史”性质，清代方东树谓之“章法变化，笔势腾掷，波澜壮阔，真太史公之文”（将《荔支叹》比作司马迁的《史记》）。其中的“颠坑仆谷相枕藉，知是荔枝龙眼来”句，与杜牧的“一骑红尘妃子笑，无人知是荔枝来”有异曲同工之妙。东坡还在诗中发出“我愿天公怜赤子，莫生尤物为疮痏。雨顺风调百谷登，民不饥寒为上瑞”的祈愿，诗句中蕴含的忧国忧民情怀，跃然纸上，让人景仰。

# 但愿人长久　花谢太匆匆

评《浣溪沙　端午》（二首）

## 东坡原作

### 浣溪沙　端午（二首）

#### 其一

轻汗微微透碧纨。明朝端午浴芳兰。流香涨腻满晴川。
彩线轻缠红玉臂，小符斜挂绿云鬟。佳人相见一千年。

#### 其二

入袂轻风不破尘。玉簪犀璧醉佳辰。一番红粉为谁新。
团扇只堪题往事，新丝那解系行人。酒阑滋味似残春。

## 现代译文

#### 其一

微汗轻轻打湿青绿色薄绸衣服，明天是端午节，按传统习俗，五月五日要蓄用芳香的兰草沐浴驱除瘟疫。端午节这天以兰汤沐浴的人非常多，洗浴后的胭脂水会使晴川流香涨腻。

五彩丝线缠系在红玉般手臂上，挂赤灵小符于身上，以躲避兵和鬼，祈求健康长寿。我的美丽爱妾王朝云，但愿我们能长相厮守，千年不变。

## 其二

吹不起尘土的轻柔春风吹拂衣袖，端午节日，与戴着玉簪的美人在犀牛角装饰品前饮酒。而美人为谁梳妆打扮得如此鲜艳美丽？

我和朝云相识于舞衫歌扇之间，为歌者题诗圆形宫扇都已是陈年往事了。古人折柳送别，取丝条留系之意，但那新丝根本不知道送别行人之苦。酒筵将尽，人不舍离开，那滋味好像春天将要离去，让人感叹惋惜。

## 评析鉴赏

此词作于何时有争议。清代朱祖谋《东坡乐府》、龙榆生《东坡乐府笺》中，此词都未编年。曹树铭《苏东坡词》卷二云，“惟本集《殢人娇》赠朝云‘白发苍颜’一首下片末云：‘明朝端午，待学纫兰为佩，寻一首好诗，要书裙带。’细玩此词，似即东坡当年所寻得之一首好诗。何也？因此词末句‘佳人相见一千年’，非朝云莫克当之，且正应端午故事。今移编《殢人娇》‘白发苍颜’之后”。曹本所说，学界不少学者本之，如邹同庆、王宗堂《苏轼词编年校注》说此词作于宋绍圣二年（1095）五月，惠州本地学者也多从曹说，认为是宋绍圣二年五月四日作。

张志烈《苏轼全集校注》之《苏轼词集校注》卷二认为：朝云从东坡居惠州，只过了两个端午节，东坡作了《殢人娇》词，其中说“寻一首好诗，要书裙带”，或以为所寻即此词，似不确。明说是诗而不是词，此其一。寻诗的是朝云而不是东坡，此其二。因此，不可能说此词与《殢人娇》就作于同时。此词的中心意义，就是“佳人相见一千年”的深情祝愿，即祝愿朝云健康长寿，又包含与朝云地久天长、永谐情好的誓愿。这种类似游仙的笔调，在宋绍圣三年（1096）春天为朝云生日祝寿所写的

《王氏生子口号》中表现得淋漓尽致，最后的“口号”云：“罗浮山下已三春，松笋穿阶昼掩门。太白犹逃水仙洞，紫箫来问玉华君。天容水色聊同夜，发泽肤光自鉴人。万户春风为子寿，坐看沧海起扬尘。”“佳人相见一千年”，就是此诗意义的概括升华。故本词应作于宋绍圣三年（1096）端午前一日。

笔者认为张志烈的分析较合理，兹从之。东坡《殢人娇》“要书裙带”之“要”同“腰”，指写到朝云柳腰裙带上。女性求尊者在裙带、团扇等上书写诗词，是宋代风尚。宋代钱愐《钱氏私记》：“夜漏下三鼓，上（皇帝）悦甚，令左右宫嫔取领巾、裙带，或团扇、手帕求诗。”

第一首即词《浣溪沙》（轻汗微微透碧纨），写了三方面内容：第一方面，写朝云和人们沿袭使用浴芳兰、彩线缠臂、挂小符等端午节传统习俗。第二方面，“流香涨腻满晴川”写了百姓对端午节的重视，极言端午洗浴人之多，取意唐代杜牧《阿房宫赋》曰：“明星荧荧，开妆镜也；绿云扰扰，梳晓鬟也；渭流涨腻，弃脂水也；烟斜雾横，焚椒兰也。”又“流香涨腻”原本出自南朝梁朝任昉《述异记》卷上：“一说香水在并州，其水香洁，浴之去病。吴故宫亦有香水溪，俗云西施浴处，人呼为脂粉塘，吴王宫人濯化妆于此，溪上源至今馨香。古诗云：‘安得香水泉，濯郎衣上尘。’一说魏武帝陵中亦有泉，谓之香水。”第三方面，也是第一首词的重点所在，端午节这天既是传统佳节，又是朝云的生日，对于东坡和朝云有着非同寻找的意义。朝云这天穿上漂亮得体的衣服，“轻汗微微透碧纨”写朝云体态服饰之美。“佳人相见一千年”，体现了东坡对朝云的美好祝福和深深爱恋，祝福朝云永远安康美丽，两人的爱情天长地久。

第二首词即《浣溪沙》（入袂轻风不破尘），上阕首句“入袂轻风不破尘”写微风习习，不卷尘土，气候凉爽，肤感舒适。戴着玉簪、打扮鲜亮的爱妾朝云，在璧玉般犀牛角装饰品的衬托下分外美丽动人。在这良辰美景的好时光里，东坡与朝云共酌怡情。“一番红粉为谁新”，士为知己者死，女为悦己者容，朝云为东坡而美。下阕回忆与现实结合，“团扇只堪题往事”回忆旧的人和事，“只堪”一本作“不堪”。东坡在宋绍圣元年（1094）十一月作《朝云诗》有“舞衫歌扇旧姻缘”句，与此句相呼应，点出初识时朝云的歌妓身份，也写了两人的往事姻缘，一个是多情才子，一个艺绝貌美，一番歌舞过后，朝云请大才子东坡在团扇上留下诗词，从此命运将两人牢牢拴系在一起。“新丝那解系行人”与前句是对举关系，“新丝”一本作“柳丝”。古人送别常折柳，李白《忆秦娥》（箫声咽）有云“年年柳色，灞陵伤别”，柳丝自身是不解离别之苦的，只是人们赋予了它赠别时的情感，谐音丝条留系之意。南北朝江淹《别赋》云：“黯然销魂者，唯别而已矣！”此句一反折柳常说，意思是送别远行人是最黯然销魂的事情，新裁不久的柳丝是不解其苦的。所以有了最后一句“酒阑滋味似残春”的感伤，酒入柔肠更增加了这份情思，眼看酒宴即将结束，这份美好就像春天一样稍纵即逝，佳节、佳人、美酒、爱情，人生的相聚如果能永不落幕该多好呀。

# 细数五更　静待天明

评《江月五首》

## 东坡原作

# 江月五首

岭南气候不常，吾尝曰："菊花开时乃重阳，凉天佳月即中秋。"不须以日月为断也。今岁九月，残暑方退，既望之后，月出愈迟。予尝夜起登合江楼，或与客游丰湖，入栖禅寺，叩罗浮道院，登逍遥堂，逮晓乃归。杜子美云："四更山吐月，残夜水明楼。"此殆古今绝唱也，因其句作五首，仍以"残夜水明楼"为韵。

### 其一

一更山吐月，玉塔卧微澜。
正似西湖上，涌金门外看。
冰轮横海阔，香雾入楼寒。
停鞭且莫上，照我一杯残。

### 其二

二更山吐月，幽人方独夜。
可怜人与月，夜夜江楼下。
风枝久未停，露草不可藉。
归来掩关卧，唧唧夜虫话。

### 其三

三更山吐月，栖鸟亦惊起。
起寻梦中游，清绝正如此。
驱云扫众宿，俯仰迷空水。
幸可饮我牛，不须违洗耳。

### 其四

四更山吐月，皎皎为谁明。
幽人赴我约，坐待玉绳横。
野桥多断板，山寺有微行。
今夕定何夕，梦中游化城。

### 其五

五更山吐月，窗迥室幽幽。
玉钩还挂户，江练却明楼。
星河澹欲晓，鼓角冷知秋。
不眠翻五咏，清切变蛮讴。

## 现代译文

### 其一

一更时分，月出山头，微澜的丰湖水面上，栖禅寺东南大圣塔的倒影卧在微波之上。

仿佛置身于杭州西湖，望着涌金西门外的西湖月出。月渐升高，横越江海，微有花香，夜雾弥漫，涌入江楼，寒意顿生。来自月宫的御者您且慢点儿挥鞭，莫走得太快，请让我在皓月当空之下饮完这杯残酒吧。

## 其二

二更时分，月出山头，幽居之人正独自度过这个夜晚。令人叹息的是，与我夜夜相伴于合江楼的，唯有这轮明月。微风吹动着枝条，久久未停止摇曳。露水湿润草地，不宜坐卧。回到家中，关上门，准备入睡，只听见虫儿在夜里叽叽喳喳。

## 其三

三更时分，月出山头，栖息于树的鸟儿也被惊醒起飞。我起身在梦中夜游，清幽至极的境界不就是如此吗？云雾散去，众星宿越发清晰，俯仰之间，水天接壤，令人着迷。幸而我还拥有如此澄澈的一泓水天，让我超尘脱俗。

## 其四

四更时分，月出山头，月光皎皎，为谁而明？幽居之人前来赴约，与我共同坐着等待玉绳星横于天空时的深夜。

荒野里的小桥，有不少断裂的木板，远处的山寺，隐约可见些许小径。

今夜究竟是何夜呢？我在我的梦里，正游历一座幻化之城。

## 其五

五更时分，月出山头，月光透过窗户照入室内，光线幽深暗淡。

幽幽的月光照入高高的窗台，四周十分宁静。

弯弯的月牙儿还挂在门楣之上，江水澄澈如白色的练带，辉映照亮了小楼。

星河渐暗，天将破晓，远处传来鼓角声，带着秋的凉意，尤为清冽。我难以入眠，

以杜甫诗句“残夜水明楼”为韵脚，翻咏为《江月（五首）》诗，诗声清亮急切，变成这南方荒蛮之地的歌曲。

## 评析鉴赏

宋熙宁九年（1076）的中秋节，东坡在密州望月怀人，写下了千古名篇《水调歌头·丙辰中秋》。那时的他恐怕无法想象，二十年后的九月，自己身处岭南，在惠州度过的第一个中秋。

宋绍圣二年（1095）九月，东坡在惠州生活将满一年，他夜游丰湖，写下《江月五首》，记录了凉天佳月下的“西湖”美景。此为题品惠湖风景之始。东坡最早称丰湖为“西湖”，宋绍圣三年（1096）二月，他在《赠昙秀》一诗中，首次将丰湖称作“西湖”。南宋后，人们逐渐普遍将丰湖称作“西湖”。明代诗人张萱在《惠州西湖歌》中写道：“惠州西湖岭之东，标名亦自东坡公。”

可以说，惠州本没有“西湖”，东坡到了惠州之后，才有了“西湖”。事实上，东坡寓惠诗作中描写丰湖风光的并不多，惠州西湖与东坡的紧密联系更多的来自东坡在惠州修桥治湖的德政。东坡刚到惠州不久，就为筹建东江大桥奔走。费尽辛苦，终在宋绍圣三年（1096）六月建成浮

桥一座，名为“东新桥”。东新桥横跨西枝江，是联结惠州东、西两城的重要纽带。在建东新桥期间，东坡注意到了州西的丰湖，这里原有长桥，却屡建屡坏，这次在东坡的号召下，筹资大力改造，建筑“西新桥”，桥成之日，游人如梭。

尽管东坡寓惠期间勇于为义，但实际上他面临着的政治环境颇为险恶，行止范围狭窄，并不能非常自由地出游。明代诗人张萱曾发现这个问题，他言：“空将藤菜敌莼羹，《江月》才留二百字。”张萱推测：“绍圣已非元祐日，惠州岂与杭州同？逐臣幸饱惠州饭，敢向湖山添口语？”可见，这并不是因为东坡山水诗兴的渐弱。东坡寓惠期间的夜游诗也仅见于《江月五首》，在诗引中提到在这一年的中秋之后，随暑气散去，天气渐凉，于是“夜起登合江楼，或与客游丰湖，入栖禅寺，叩罗浮道院，登逍遥堂，逮晓乃归”。是夜，东坡进行了一次难得的夜游。

杜甫的《月》里有“四更山吐月，残夜水明楼”一句，东坡以之为古今绝唱。在与月相伴的这个夜晚，东坡研墨执笔，以“残夜水明楼”为韵，依五更的更点为序，连作五首诗。其一首句“一更山吐月，玉塔卧微澜”为名句，南宋诗人刘克庄认为“玉塔微澜”堪称千古绝唱。玉塔，即泗洲塔，东坡也称之为“大圣塔”，在惠州西湖的西山上。在东坡题诗之后，“玉塔微澜”成为西湖十景之一。此情此景，怎能不让东坡回忆起杭州西湖？“正似西湖上，涌金门外看”一句点明眼前的风景不逊色于往日在杭州西湖的风景。在团圆的九月赏月，虽然身处异乡的东坡感到孤独，但豪情不减，超然于现实之外，遥向月宫御者呼唤：“停鞭且莫上，照我一杯残。”东坡请御者慢点儿驾车，好让他在月光下饮完这杯酒，久久地沉浸在月光下的美酒中，不愿离去。

“二更山吐月，幽人方独夜。”二更时分，东坡正欲独自度过这个夜晚。与过往的夜晚一样，陪伴他的，唯有一轮明月。“归来掩关卧，唧唧夜虫话。”当他夜游归来掩门准备卧睡时，只听得窗外夜虫唧唧鸣叫，扰得人无法入眠。“夜虫”指寒蝉、络纬等昆虫，夜虫鸣叫多出现于百草凋零、万物肃杀的秋季，它们身躯微小，却不知疲倦地在深沉的秋夜中发出细微而又具穿透力的声音，敲打人心灵脆弱的一面。欧阳修的《秋声赋》中有“但闻四壁虫声唧唧，如助余之叹息”句，“虫声唧唧”好像在为“余之叹息”助力，使叹息声尤显哀愁。“夜虫”意象为幽冷孤寂的意境营造增添了别样的气韵，听着这凄婉哀切的虫吟，怎能入眠？霎时间，谪迁之苦，功名之怨，不得北归的悲哀，这些情感涌上心头，寄托在“夜虫”的意象里，周遭尽是冷寂的氛围。

“三更山吐月，栖鸟亦惊起。起寻梦中游，清绝正如此。”三更时分，飞鸟与东坡共起。何必辜负这月光，于睡梦之中起身夜游，不正是一件风雅之事？二更时分卧床胡思乱想的苦寂，在起身漫游之后得到了缓解，发出“幸可饮我牛，不须违洗耳”的感叹。此句“幸可饮牛”的典故出自汉代蔡邕《琴操·河间杂歌·箕山操》。传闻许由结志养性，不问世俗，听闻尧欲让位于己，感到耳朵受到污染，因而临水洗耳。樊坚则以许由洗耳水为秽浊，不愿让牛在其下游饮水。因此用“幸可饮牛”指未受污染之地。俯仰之间，幸得一方澄澈水天，使东坡沉醉，遗世独立。表现了东坡知足常乐、追求自由、超脱尘世的情怀。

“四更山吐月，皎皎为谁明。幽人赴我约，坐待玉绳横。”四更时分，东坡依然在月光皎皎的夜里漫游，与友一同等待星辰漫天。他们一同走过有破损的小桥，踏过踪迹难辨的山间小径。这是现实还是梦境？东坡自己也分不清了。“今夕定何夕，梦中游化城。”东坡从听觉、视觉上感受着皎皎月光下的漫漫长夜，这夜晚却越发不真实起来，漫游其中，不禁疑问今夜究竟是何夜？他在似梦非醒之间，游历着海市蜃楼。

五更时分，东坡复又回到合江楼中。“五更山吐月，窗迥室幽幽。”东坡以室外明亮的月光反衬室内幽静的环境，继而生动地描摹窗外的夜景：“玉钩还挂户，江练却明楼。”将月牙儿比喻成悬挂在门边的“玉钩”，仿佛触手可及。江水澄澈平静，铺洒在江面上的月光如同白色的练带。此时已经是五更，“星河澹欲晓”，即将天明，失眠之夜到了破晓时分是最为难挨的，不知是要稍做休憩又或是清醒着坐等天明？然而远处的号角声带着秋寒，分外刺耳。“不眠翻五咏，清切变蛮讴。”东坡思绪万千，难以入眠。“五咏”指《江月（五首）》，东坡“以杜甫诗句“残夜水明楼”为韵脚，翻咏为《江月（五首）》，诗声清亮急切，变成这南方荒蛮之地的歌曲，表达了对隐逸生活的向往，抒发了自身清高脱俗之情怀。

东坡在《江月》中表现的反复的情感与他在寓惠期间总体情感走向颇为相似，有孤独寂寞、困顿匮乏，更有无可奈何、忧谗畏讥。但他伟大旷达的人格、超脱的精神力量总是时不时带着他脱离现实，看淡风雨，或投入自然，或超然入道。便吟一曲“蛮讴”，却也不失“清切”。

# 浩然天地间　惟我独也正

评《题合江楼》

## 东坡原作

### 题合江楼

青天孤月，故是人间一快。而或者乃云不如微云点缀，乃是居心不净者常欲滓秽太清。合江楼下，秋碧浮空，光接几席之上，而有葵苫败屋七八间，横斜砌下。今岁大水再至，居者奔避不暇。岂无寸土可迁，而乃眷眷不去，常为人眼中沙乎？绍圣二年九月五日。

## 现代译文

天空明净，只有孤独的月陪伴着青色的天空，固然是人间令人愉快的事。然而抑或有人说云多并不美，不如淡淡的云彩点缀天空更有味道。于是居心不良、内心不干净的人常常想污浊弄脏天空。合江楼下，秋水汤汤，碧波荡漾，长空投影在江面，天空好像在水面浮动，水光闪耀，与座位前的几案相接，俯视楼前，有七八间葵草苫盖的破败的房屋，横斜建在台阶之下。今年又涨大水，居住的人不停奔走躲避，难道没有其他寸土可以迁居，乃至留恋此处、不舍离开，常常成为有些人眼中的沙子呢？作于绍圣二年九月五日。

## 评析鉴赏

本文作于宋绍圣二年（1095）九月五日。

东坡《迁居》说自己：“二年三月十九日复迁于合江楼。三年四月二十日复归于嘉祐寺。”本文正是第二次迁入合江楼后作的。第一次入住合江楼不久就有闲言碎语，说东坡是贬官，不适合住三司行衙，故东坡于绍圣元年十月十八日迁居嘉祐寺。绍圣二年三月，因时任广南东路提刑的表兄程正辅到惠州巡视，东坡再次搬迁回到条件较好的合江楼居住。《宋诗纪事补遗》载：“程之才，字正辅，眉山人，嘉佑进士，官广南东路提刑。东坡母成国太夫人程氏之侄，初娶东坡女兄，早卒，老苏公以（苏洵）为恨事，大不咸。东坡兄弟以念母之故，相与释憾。坡之南迁，时宰闻其先世之隙，以正辅为本路宪，将使之甘心。而正辅笃中外之谊，周旋甚至。”绍圣二年正月，程正辅到广州视察，先派遣程乡令晋侯叔问候东坡，东坡、程正辅二人冰释前嫌。同年三月初，程正辅巡察惠州，亲自到水东街嘉祐寺看望东坡，向东坡出示《江行见桃花》诗，东坡有《次韵正辅表兄江行见桃花》。这之后程正辅对东坡多有照顾，一直到绍圣三年初程正辅离任。

东坡再次入住合江楼期间，应该有人对他居住在政府的三司行衙仍持有异议，故本文借多云污秽清天和涨大水楼下茅草屋主人不舍离去话题进行发挥，暗含自己居住合江楼被别有用心的人议论评说，从而成为那些人的“眼中沙”。“而或者乃云不如微云点缀，乃是居心不净者常欲滓秽太清”，这是作者借用典故，对那些人进行曲笔批判。《世说新语·言语》载：“司马太傅斋中夜坐，于时天月明净，都无纤翳，太傅叹以为佳。谢景重在坐，答曰：‘意谓乃不如微云点缀。’太傅因戏谢曰：‘卿居心不净，乃复强欲滓秽太清邪？’”居心不净，是东坡笔下的那些人内心思想的写照和投影。东坡“浩然天地间，惟我独也正”（东坡《过大庾岭》），所以他感觉“青天孤月，故是人间一快”，这也是他被那些道不同的政敌打击的原因吧。

# 建德虽远　三笑徐行

## 评《和陶〈读山海经〉》（选一）

## 东坡原作

### 和陶《读山海经》（选一）

渊明《读山海经》十三首，其七皆仙语，余读《抱朴子》有所感，用其韵赋之。

#### 其一

今日天始霜，众木敛以疏。
幽人掩关卧，明景翻空庐。
开心无良友，寓眼得奇书。
建德有遗民，道远我无车。
无粮食自足，岂谓谷与蔬。
愧此稚川翁，千载与我俱。
画我与渊明，可作三士图。
学道虽恨晚，赋诗岂不如。

## 现代译文

从今天起，开始降霜，很多树木开始凋零，显得疏落。

幽居之人关上门，静静地躺下，明亮的日光变动位置照进空空的屋内。

没有推心置腹的好朋友，开卷观看却惊喜得到奇书。

南粤有城邑名叫建德之国，其民风淳朴、少私寡欲，那里路途遥远，无舟车可至。

他们清心寡欲，虽然没有米粮，但也能够自给自足，何必一定要谷物和蔬菜呢？

面对奇书所载，我很惭愧没有葛洪那般高深境界，虽时隔千载，但他与我心神相合。

将我、葛洪与陶渊明画在一起，可以作一幅三士图。

虽然现在开始学习仙道有点晚了，但作诗方面我难道不如他们吗？

## 评析鉴赏

东坡曾言：“古之诗人，有拟古之作矣，未有追和古人者也；追和古人，则始于吾。”东坡将和陶诗作为在诗坛上具有首创意义的事业，并积极地创作和陶诗。他在惠州的和陶诗总共十五题四十七首，是他在惠州思想和生活的写照，也是东坡诗作艺术风格逐渐成熟的体现，在他寓惠的诗歌创作中有着重要的地位。

东坡不是到了惠州才开始创作和陶诗的，但大量创作和陶诗确实是在到了惠州之后。宋元祐七年（1092），东坡在扬州写下《和陶〈饮酒〉二十首》，这是他第一次创作和陶诗。当时的他无法像陶渊明一般超然物外：“我不如陶生，世事缠绵之。”随着世事变迁，政治上失意，到了惠州之后的东坡，更醉心于创作和陶诗。宋绍圣二年（1095）二月十一日，东坡在《书渊明东方有一士诗后》中有云：“我即渊明，渊明即我也。”此时的东坡，已经与数百年前的陶渊明同精神、共气质了。

继宋绍圣二年三月东坡写下《和陶〈归园田居〉六首》之后，同年十月，初秋时分，东坡写下《和陶〈读山海经〉》共十三首。这是东坡在读了葛洪（字稚川）的《抱朴子》后有感，借陶渊明《读山海经》的韵脚写就。借了陶诗的韵，抒发个人的哲思与情感。“今日天始霜，众木敛以疏。”一个“霜”字将季节气候点明，已经是有些寒凉的秋日了。都说“一叶落而知秋”，此时已经不止“一叶”，而是“众木”收敛锋芒，稀稀落落起来，尤显得秋日萧瑟之景。虽不是“春和”，但仍有“景明”，即使“幽人”独居，闭门而卧，但不时也有明媚的日光盘踞一方空荡荡的屋子之内。

“开心无良友，寓眼得奇书。”联系序中的“余读《抱朴子》有所感”可知，这里的“良友”与“奇书”相对应，指的都是东坡新得的奇文《抱朴子》。这“奇书”正是他写此诗的缘由。尽管东坡逐渐适应了惠州的风土人情，并对这里的自然风光多有称赞，但在仕途上的波折依然让他心生苦闷。他学陶渊明饮酒、作诗，以求从中得到精神上的解脱。同时，这时期的东坡对道术颇感兴趣，讲养生之道，顺应自然之法，与罗浮道士邓守安、逍遥堂道士何守一交往颇为密切。东坡从道士处读到了不易读到的书，东晋葛洪的《抱朴子》就是其一。他视葛洪为知己同道，将《抱朴子》中的“谈神仙方药、鬼怪变化、养生延年、祛邪却祸之事”作为“奇书”。阅读这些书籍使东坡暂时忘却了自己当下的困境，代入虚幻之境，获得暂时的解脱。

“建德有遗民，道远我无车。无粮食自足，岂谓谷与蔬。”东坡借用历史典故，遥想踪迹难寻的建德国，对建德遗民的生活进行了构想，表现了内心对建德生活的向往。《庄子·山木篇》中有：“南越有邑焉，名曰‘建德之国’。其民愚而朴，少私而寡欲；知作而不知藏，与而不求其报；不知义之所适，不知礼之所将；猖狂妄行，乃蹈乎大方。其生可乐，其死可葬。”庄子笔下的建德人单纯质朴，很少私利和欲望；言行举止未被礼义束缚，却都符合宇宙间的大道；生而安乐，死亦有归。这里是庄子理想中的国度，也是大智若愚、大巧若拙的道德境界，与《礼记·大同篇》中所描绘的理想社会如出一辙。很难不让人联想到陶渊明笔下的桃花源，同样的远离世俗，返璞归真，顺应自然，人人知足常乐，社会安宁有序。无论是“桃花源”还是“建德国”，都是东坡心中的理想空间，让他无数次心生向往。东坡感慨葛洪与自己一般，虽然同样到了偏僻遥远的东方，同慕自然之道，却没能和建德人一样过上宁静质朴的生活。

隐士常有，而桃花源难觅。“画我与渊明，可作三士图。”虽与葛洪、陶渊明生活的年代相隔数百年，但东坡视他们为知己，三人正好可以凑成一幅“三士图”。三士图即宋《虎溪三笑图》，为宋人画成。画上正是秋凉时节，流水从画中穿过，石桥边上，和尚、道士、儒生三人开怀大笑。这三人分别是法师慧远、儒生陶渊明、道士陆修静。体现了佛、释、道作为中国文化的三大源流，在宋代和谐共处，融合共通。“三士图”隐隐透露东坡寓惠期间的哲思，也体现他的和陶诗的内容。东坡寓惠时期的和陶诗既有反映他对岭南老百姓的关切与情谊，表现他的政治态度；又有反映他个人的岭南情思，以及他对人生哲理的探求，部分逃避现实、归化自然的思想等。最后一句“学道虽恨晚，赋诗岂不如。”东坡在感慨学道恨晚之余不失赋诗豪情。无论何时，身处何地，东坡诗情不竭，诗兴不减，在吟诗作赋上的兴致又能输给谁呢？

东坡在此诗中通过景物描写，借用历史典故，对话历史人物，抒发了个人的感情与哲思，意境统一。东坡晚年好道，寓惠期间虽不时发出“学道恨晚”的感叹，但并不意味他就此沉迷修道，不问世事。他在惠州期间请建惠州营房，解决惠州及整个广南东路十余个州农民纳粮难题，促成东新桥和西新桥的建成……勇于为义，德政颇丰。在东、西二桥漫长的搭建过程中，东坡为了避嫌，身处后方，由罗浮道士邓守安、栖禅院僧希固分别负责东新桥和西新桥的建造。和尚和道士一定是世外之人吗？佛、道一定意味着出世？消极出世和积极入世之间一定有一道不可逾越的鸿沟？如今的我们只能在东坡的一首首诗词文赋中认识他，但不能扁平化、片面化他。东坡不是“纸片人”，他是“活”的，他可能前一天哭丧着脸，第二天又开怀地笑了。至于在此诗中他将《抱朴子》视为“良友”，那他可不止这一个朋友，那幅《虎溪三笑图》不就暗露玄机了吗？

# 寂寞春愁谁人解　明年怀抱待诸孙

## 评《新年五首》（选二）

## 东坡原作

### 新年五首（选二）

#### 其一

晓雨暗人日，春愁连上元。
水生挑菜渚，烟湿落梅村。
小市人归尽，孤舟鹤踏翻。
犹堪慰寂寞，渔火乱黄昏。

#### 其五

荔子几时熟，花头今已繁。
探春先拣树，买夏欲论园。
居士常携客，参军许叩门。
明年更有味，怀抱带诸孙。

## 现代译文

#### 其一

正月初七人日这天，小雨淅淅沥沥，贬谪客居之春愁，估计将一直延续到正月十五上元节。

春水上涨，在水中小块陆地挑挖野菜，和根煮羹，烟雨迷蒙，雾气弥漫，远望罗浮山下，落梅村笼罩其中。

惠州府城东新桥头的集市已经罢集，赶集的人多已散去，只有几只鹤时而盘旋空中，时而落在船上，它们落脚的孤舟随着风浪涌动而摇晃。

新年伊始，周围本地的人们都沉浸在走亲访友的喜悦中，而贬谪客居的东坡被这无边的黄昏春雨引起无限的寂寞感伤，唯一能自我宽慰的是，江中渔火点点，黄昏小雨中的那抹亮色，温暖了东坡这颗孤寂的心。

## 其五

荔枝什么时候成熟呢，枝头的花儿现在已经很繁盛了。

春天荔枝初著花时，商人会估计荔枝长势立券购买整个荔枝园。

东坡居士经常呼朋引伴，周参军家荔枝很多，每次敲门他都会热情开门接待。

明年将会有更加值得高兴的事，我家的家眷要来惠州，届时我将尽享天伦之乐。

## 评析鉴赏

此诗作于宋绍圣三年（1096）正月初七及其后。东坡在《迁居》中说：“吾绍圣元年十月二日至惠州，寓居合江楼，是月十八日迁于嘉祐寺，二年三月十九日复迁于合江楼，三年四月二十日复归于嘉祐寺。时方卜筑白鹤峰之上，新居成，庶几其少安乎！”可知作此诗时，东坡居住在合江楼。

其一整首诗的诗眼是“春愁”。“人日”交代了创作时间，即农历正月初七日。南朝宗懔《荆楚岁时记》：“正月七日为人日。”杜甫《人日二首》其一："元日到人日，未有不阴时。""上元"指农历正月十五日，为上元节；"十五夜"为元夜、元宵，正月十五日又名"元宵节"。第一、第二句"晓雨暗人日，春愁连上元"，点名时间，定调此诗感情基调。第三、第四句"水生挑菜渚，烟湿落梅村"，挑菜，古代有人日挑菜的习俗，这种风俗一直延续到宋代。《荆楚岁时记》："正月七日为人日，以七种菜为羹。"所以北宋唐庚《人日》诗说"挑菜年年俗"。"渚"是水中小洲、陆地，第三句写近景，眼见事。第四句写远景，烟雨蒙蒙、一片湿润，呼应第一句"晓雨"天气。后四句由景到人，第五、第六句"小市人归尽，孤舟鹤踏翻"，泛写集贸市场罢后，街市空无一人，集市的热闹与现在的悄然作比，更让东坡平添了几分孤单寂寞。无聊中，抬眼望去，江面上一叶孤舟在摇荡，飞鹤盘旋空中，时而落到小船上，时而腾空飞起。最后两句，东坡在这无边的春愁中寻找一丝安慰和解脱，春风春雨春愁，尤其对于贬谪客居的东坡来说，家乡眉山远在千里之外，弟弟苏辙和大儿子、二儿子及孙子们等家眷，也都天各一方。这时候，什么才可以慰藉这份新年的寂寞呢？夜幕降临，江上点点渔火闪亮，穿透夜色、照亮黑暗，温暖了东坡那颗游子的孤寂之心，也许这就是东坡聊以自慰的地方吧。"抽刀断水水更流，举杯消愁愁更愁"，诗最后的自我安慰只是口头的表象，东坡内心的那份情感的孤独、政治的失意、对故乡的思念，应该越发浓烈，萦绕心头，挥之不去。

若说其一诗多感伤，其五诗中则有了几许亮色。其五诗前四句"荔子几时熟，花头今已繁。探春先拣树，买夏欲论园"，先写春天荔枝长势喜人，期待荔枝的成熟，后预测今年荔枝将会丰收，商人已估价购买荔枝园。第五、第六句"居士常携客，参军许叩门"，用特写镜头，融入自我，写自己交游。《宋史》载"（轼）居（惠州）三年，泊然无所蒂芥，人无贤愚，皆得其欢心"。"得欢心"因东坡有颗儒家博爱仁义之心，这也正是东坡受人们爱戴的原因之一。清代赵翼曰："东坡才名，震爆一世。故所至倾动，士大夫即在谪籍中，犹皆慕与之交，而不敢相轻"，"至于林下交游，更有相从难，至死而不悔者"。东坡在惠州虽说是贬官，且按宋制出行有所受限，但交游仍然很广，惠州前詹范后方子容、循州（龙川佗城）周彦质、广州前章质夫后王古、梅州、南雄州五个知州，博罗县林抃、龙川县翟东玉、程乡县（今广东省梅县）侯晋叔、河源县、增城县五个县令皆与东坡交往密切。另外，广南东路提举常平萧世京，广州推官程全父，归善县主簿谭汲，王参军，周参军，表兄广南东路提点刑狱程正辅及其子程六郎、程十郎，六弟程之元，苏门弟子黄庭坚、张耒，钱世雄，陈慥，徐大正，王巩，陈师锡，毛滂，范纯夫，张大亨，江西提举刘谊，欧阳知晦，罗秘校，曹辅，萧世范，游嗣立，惠州都监，陆惟忠，惠州泉老，潮阳吴莅仲，临淮盛士杜舆，处士王庠，王序，孙勰，罗浮道观道士邓守安，栖霞寺和尚希固，南华辩老，广州道士何顺德，惠州道士何宗一，蜀僧宝月大师及其弟子士隆、绍贤，江苏昙秀、卓契顺、参寥等新旧朋友，皆有间接书信或直接交往。东坡惠州白鹤峰邻居翟逢亨秀才、林婆、惠州吏民百姓、樵夫、渔夫、白水山汤泉荔枝浦八旬老翁，都是东坡笔下常客。甚至惠州的鸡犬也与东坡熟悉友善，见了他很亲热。此诗第五句、第六句，写自己经常和朋友一起踏春寻迹，更有周参军每次在东坡敲门拜访时热情接待。第六句中的参军官职，《宋史·职官志七》云："州郡诸曹官有录事参军、户曹参军、司法参军等，此句东坡自注：'周参军家多荔枝。'"可知此句热情接待东坡及其朋友的参军姓周，与东坡惠州作《撷菜》的王参军有别，王参军借"不及半亩"地给东坡种菜，东坡得以"与过子终年饫"（与三儿子苏过赖之可终年饱食蔬菜）。最后两句"明年更有味，怀抱带诸孙"，是全诗高光时刻，也是东坡心里的期待和最为高兴的事。"诸孙"指孙子们，怀抱诸孙，明年就可尽享天伦之乐，这对于贬谪客居荒蛮之地的东坡来说，是比荔枝丰产、朋友相聚更有味道的事。清代王文诰《苏诗总案》卷四〇云："（苏轼）命长子（苏）迈来此指射差遣，因挈小儿子（苏过）一房来"，又"公（苏轼）以（明年）四月复迁嘉祐寺，及迈授仁化县并搬挈（苏）过一房至惠（州）"。

# 心有旷野　山花自开

评《独觉》

## 东坡原作

### 独觉

瘴雾三年恬不怪，反畏北风生体疥。
朝来缩颈似寒鸦，焰火生薪聊一快。
红波翻屋春风起，先生默坐春风里。
浮空眼缬散云霞，无数心花发桃李。
翛然独觉午窗明，欲觉犹闻醉鼾声。
回首向来萧瑟处，也无风雨也无晴。

## 现代译文

连续三年感受这岭南的瘴气，逐渐适应，不足为奇。反而是北风一吹，浑身生起疥疮。

清晨早起，春寒料峭，我缩着脖子，像只寒鸦。生火取暖，聊以一慰。

室内闪烁火红的光，宛如春风吹起，我默然静坐，如同置身在春风之中。

老眼昏花，悬浮在眼前的火光仿若散开的云霞，无数桃李般的花儿在我的心头绽放。

午后梦醒，感觉自然超脱，光从窗子外投射进来，梦醒之时却依然能听到鼾声，仿佛醉意醺然。

回首过去的风风雨雨，现在不管是雨天还是晴天，都无妨了。

## 评析鉴赏

此诗作于宋绍圣三年（1096）一月至二月间。这是东坡寓惠的第三年，此时东坡已经从嘉祐寺迁回合江楼快一年了。相比于嘉祐寺，合江楼的居住条件稍微优越些，或许能让东坡得一好眠。东坡好在诗词中写睡眠，《苏轼全集校注》中写到睡眠的诗词有两百余首，并从多层次、多侧面来描写睡眠。闲暇时，身心舒畅的好眠；疾病时，饱受折磨的难眠，在他的诗词中留下了大量的踪迹。此外，他将对人生的思考、自由生命的追寻都投射到了睡梦的描写之中。

东坡常在其睡眠诗作中反映自身身体状况，在杭州时就有大量涉病诗。《明日重九，亦以病不赴述古会，再用前韵》中“月入秋帷病枕凉，霜飞夜簟故衾香”体现秋后寒凉，东坡卧病在床，辗转反侧。《初自径山归，述古召饮介亭，以病先起》中有“迟暮赏心惊节物，登临病眼怯秋光”，写自己患有眼疾，登高畏光。至密州的第一个夜晚，东坡更因病失眠。《除夜病中赠段屯田》一诗有“萧条灯火冷，寒夜何时旦”，写失眠的夜晚格外漫长，只能伴着萧条的烛光苦待天明。“数朝闭阁卧，霜发秋蓬乱”则写接下来几日更是因病卧床，添了白发，乱如飞蓬，一副病夫模样。至于到了惠州，东坡在这里的谪居生活，客观上来说必然是比之前更为困顿的，自然条件也比在杭州、密州时更令他不适。尽管他在惠州有诗云：“报道先生春睡美”，但那只是依托于东坡豁达心性下的一时遣兴之句。

《独觉》的首句：“瘴雾三年恬不怪，反畏北风生体疥。”表现了东坡在面对恶劣环境时的豁达心态。面对连绵三年的瘴雾，东坡已泰然处之，不以为意。但即使他心情平静，超然物外，客观上的疾病仍困扰着他，譬如身上的疥癣。另外，东坡在宋绍圣三年（1096）写给程正辅的书信中提道：“轼旧苦痔疾，盖二十一年矣。”表示自己旧疾缠身已有二十多年。疾病缠身，更感到寒冷。《独觉》有：“朝来缩颈似寒鸦，焰火生薪聊一快。”怕是岭南之地的倒春寒，清晨的寒气最为逼人，迫得东坡缩起脖子，宛若寒鸦。这个时候在室内生火，倒可以作为一种消遣。“红波翻屋春风起，先生默坐春风里”一句，将前几句的凄冷、寒凉一扫而空，只不过生了火，“先生”就如此知足。微小的火苗带来温暖、火光翻转在整个屋里。禅宗里的三重境界为“见山是山，见山不是山，见山还是山”。东坡是最高境界，着眼当下，感暖而识春风。何处无春风？我自坐风里。“浮空眼缬散云霞，无数心花发桃李”，蕴含哲思，发人深省。“先生”眼花，误将火光作霞光，但依然心花怒放。王阳明有语“吾性自足，不假外求”。一个人如果有丰富充盈的内心世界，又何必一定要依托外物呢？开在春风里的山花，散落在天边的红霞，东坡何曾没有见过？过往见过的风景都像种子一样播撒在了心田，漫漫时光里，时不时地开出花来。

午后梦醒之时，日光从窗外照进来。在午睡乍醒之际，人的意识还未完全清醒，在梦与现实之间往往会有一个中间时空。不知身在何处，此时为何时，似乎醒了，似乎又能听到鼾声。东坡的很多诗作都提及午睡，《发广州》里有“三杯软饱后，一枕黑甜余”。谪居儋州时期，东坡写了《谪居三适》，所谓“三适”，指的是一天之中最适意的三件事：旦起理发、午窗坐睡、夜卧濯足。其中《午窗坐睡》刻画了午睡时的姿势、过程、感受：盘坐蒲团，手撑竹几，进入梦乡。在此过程中神凝体适，精力饱满，四肢百骸，无不通和，睡梦之间，灵台通透，超脱尘世。东坡以雅士之姿出入佛道，既有庄子气质又有禅门风韵。《独觉》中“欲觉犹闻醉鼾声”与上述诗句同一意趣。在这种超脱之境中的东坡，能清晰地回首过往，明快地感受当下。蓦然回首，一切历历在目。于是那年在黄州出游遇雨的场景印入脑海：“料峭春风吹酒醒。微冷。山头斜照却相迎。”同样的春寒料峭，只是当时的自己“竹杖芒鞋轻胜马”，身体康健，在春寒之中只感到“微冷”，而现在身处惠州，面对三年瘴雾，身体不如从前，如“寒鸦”一般缩着脖子。但那又何妨？从前的那句“回首向来萧瑟处，也无风雨也无晴”放到现在也同样适用。前者是一场迅猛的春雨后获得的感受，后者是一次寻常的午睡后的体悟，相较而言，后者更为平静。但其意蕴别无二致，同样的气度与心性，坚定内心，洒脱自如。

《独觉》一诗描写的空间只在一方屋子之内，与《定风波》相比似乎较为狭隘。这一方小小的屋宅，却是东坡内心的旷野。东坡因天气寒冷而点火驱寒，却从燃动的火焰中感受到如坐春风般的快意，足见东坡内心的辽阔。春风不在屋外，就在屋内，就在心内。“心中的旷野”遇到春天也绽放了一朵又一朵花。如此动人的描绘，估计佛祖听了也会拈花一笑。东坡在半梦半醒之间，回想过去的一切，意识到一切不过是庸人自扰。过去的一切，无论是好是坏，是祸是福，皆是“梦”一场，当“梦”醒来，一切为空。又何必耿耿于怀呢？接下来不论雨天还是晴天，“我”自有一室遮风蔽日。

# 吾生无待　终老惠州

评《迁居》

## 东坡原作

### 迁居

吾绍圣元年十月二日至惠州，寓居合江楼，是月十八日迁于嘉祐寺，二年三月十九日复迁于合江楼，三年四月二十日复归于嘉祐寺。时方卜筑白鹤峰之上，新居成，庶几其少安乎！

前年家水东，回首夕阳丽。
去年家水西，湿面春雨细。
东西两无择，缘尽我辄逝。
今年复东徙，旧馆聊一憩。
已买白鹤峰，规作终老计。
长江在北户，雪浪舞吾砌。
青山满墙头，鬖髿几云髻。
虽惭抱朴子，金鼎陋蝉蜕。
犹贤柳柳州，庙俎荐丹荔。
吾生本无待，俯仰了此世。
念念自成劫，尘尘各有际。
下观生物息，相吹等蚊蚋。

## 现代译文

前年（宋绍圣元年，即1094年）十月十八日，我从合江楼迁居到惠州归善县嘉祐寺，因在西枝江的东边，当地人称为“水东”，夕阳西下，彩霞满天，回头可见。

去年（宋绍圣二年，即1095年）三月十九日，我搬回到水西的惠州府合江楼居住，春雨蒙蒙，打湿面庞。

在水东还是在水西居住，我都无从选择，缘分尽了，我就离开。

今年（宋绍圣三年，即1096年）四月二十日，我再次迁居到水东嘉祐寺旧馆居住。

好在我已经购买了白鹤峰准备自己建房，打算在惠州终老。

长长的东江在白鹤峰我新房子的北窗即可看见，东江的雪白浪花在我房前台阶飞舞流动。

抬眼望去，墙头外面远处都是青山，天空云卷云舒像美丽的发髻。

自愧不能像葛洪那样金蝉脱壳尸解登仙，却可以柳宗元为圣贤榜样，期望像他一样，能让人们在他死后建庙并用丹荔祭拜。

我这一生本没有什么凭借，人生短暂似抬头低头之间。

时光飞逝，万物各有自己的世界和边际。

俯视大千世界，万物都像蚊虫一样渺小。

## 评析鉴赏

此诗作于宋绍圣三年（1096）。东坡于宋绍圣元年（1094）九月二十六日至东莞石龙镇，换乘小舟至十五里外博罗泊头镇（今博罗县园洲镇泊头村），是夜宿舟中。九月二十七日，舍舟登岸乘肩舆行十五里至罗浮山。十月二日，至惠州贬所，作有《十月二日初到惠州》诗。东坡在惠州居住地有三处，一处是合江楼，一处是嘉祐寺，一处是白鹤峰自建房（今惠州苏东坡祠）。合江楼在东江和西枝江交汇口，惠州府城外。嘉祐寺在归善县东白鹤峰南，隔西枝江与西面的府城相望。引文中“三年四月二十日”，一本作四月十二日。

此诗引文，详细叙述了自己在合江楼和嘉祐寺之间来回搬迁的时间和过程。首四句“前年家水东，回首夕阳丽。去年家水西，湿面春雨细”，用“前年”“去年”各领两句，阐述分别在水东嘉祐寺和水西合江楼居住的感受。水东，清代王文诰曰：“嘉祐寺在归善县后。惠人以归善为水东，故云‘前年家水东’也。今自江口入城，至县二三里，为水东街。”唐庚《水东庙记》载，“吾始至惠州，屏居南山之下，北望西江之东，林木有灯煴［（yūn）无焰的火，微火］然，里人曰：“此水东灵庙也”。水西：惠人以惠州府城所在地方为水西。合江楼先在府城东江口，后建于城上。东坡于宋绍圣二年（1095）三月十九日复迁居合江楼，故曰“去年家水西”。

“东西两无择，缘尽我辄逝。今年复东徙，旧馆聊一憩”四句，言自己漂泊不定，人生因缘而存在，缘尽则去。今年四月，复迁归水东嘉祐寺居住。前年、去年、今年对比的写诗方法，白居易等唐人多有之，如白居易《奉和裴令公三月上巳日游太原龙泉忆去岁禊洛见示之作》：“去岁暮春上巳，共泛洛水中流。今岁暮春上巳，独立香山下头。”辄：就。憩：休息。

“已买白鹤峰，规作终老计。长江在北户，雪浪舞吾砌。青山满墙头，鬖髿几云髻”六句，言自己已经在水东白鹤峰买地准备建房，规划终老惠州。写白鹤峰新居所见美景：户北东江白浪如雪，在我的台阶下面舞动；院墙外青山满眼，云卷云舒像美丽的发髻。白鹤峰：《名胜志》云“白鹤峰在惠州城东五里。高五丈”。危太朴《东坡书院记》：“白鹤峰在归善县北十余步，下临大江，远瞰数百里，惠之胜处也。”长江：指东江，又名“龙川江”。《名胜志》：“东江，源自江西赣州，经龙川县来，绕白鹤峰之阴。”吾：一作“阶”。砌：台阶。“青山”二句：言墙外青山起伏，像美丽的发髻。鬖髿：形容头发密长美好。髻：在头顶或脑后绾束的头发。

“虽惭抱朴子，金鼎陋蝉蜕。犹贤柳柳州，庙俎荐丹荔”四句，用了两个典故，自愧不能像葛洪那样金蝉脱壳尸解登仙，却以柳宗元为圣贤榜样，人们在他死后建庙用丹荔祭拜。抱朴子：葛洪号“抱朴子”。金鼎：炼丹的鼎。蝉蜕：道家称有道之人死为尸解登仙，喻之为蝉蜕。犹：还。贤：意动用法，以（柳柳州）为贤。柳柳州：唐代柳宗元。《新唐书·柳宗元传》：“元和十年，徙柳州刺史。……世号柳柳州。”柳宗元死后，柳州人为纪念他建罗池庙。韩愈《柳州罗池庙碑》载，“罗池者，故刺史柳侯庙也”；“辞曰：荔子丹兮蕉黄，杂肴蔬兮进侯堂”。俎：古代祭祀时盛肉的器物。荐：献，遇到时节供奉时物祭拜。丹荔：红色荔枝。

宋代人写诗好议论。“吾生本无待，俯仰了此世。念念自成劫，尘尘各有际。下观生物息，相吹等蚊蚋”六句发议论，表达东坡的人生感悟和超脱观点：我这一生本没有什么凭借，人生短暂似抬头低头之间。时光飞逝，万物各有自己的世界。俯视大千世界，万物都像蚊虫一样渺小。

“吾生”二句，意思是我对此生不寄厚望，只想顺应自然度过短暂一生。无待：无凭借，无依恃。《庄子·逍遥游》：“若夫乘天地之正，而御六气之辨，以游无穷者，彼且恶乎待哉？”俯仰：低头和抬头，形容时间很短。《汉书·司马迁传》：“故且从俗浮湛，与时俯仰。”王羲之《兰亭集序》：“人之相与，俯仰一世。”了此世：了解这一生。

“念念”二句，宋代王十朋集注引赵次公曰：“佛以世为劫；念念成劫，言光景之速也。道以世界为尘；尘尘有际，言物各有世界也。”《续仙传》载韦子威师事丁约，一日辞去，丁约谓子威曰：“‘郎君得道尚隔两尘。’子威问其故，约曰：‘儒家曰世，释家曰劫，道家曰尘。’”念念：言时间极短。际：边际。

“下观”二句，意思是俯视世界，万物像蚊虫一样渺小。生物息出自《庄子·逍遥游》：“野马也，尘埃也，生物之以息相吹也。”即空中飞扬的尘埃被气流搅动，如同奔腾的野马一样，万物都因充塞宇内之气的流动而生成。息：气。蚊蚋：蚊子。《说文》：“秦晋谓之蜹（蚋），楚谓之蚊。”都是指蚊子，“蚊”是南方楚国人对蚊子的称呼，“蚋”是北方秦晋人对蚊子的称呼。

# 此心安处是吾乡

评《食荔支》（选一）

## 东坡原作

### 食荔支（选一）

惠州太守东堂，祠故相陈文惠公，堂下有公手植荔支一株，郡人谓之将军树。今岁大熟，赏啖之余，下逮吏卒。其高不可致者，纵猿取之。

#### 其二

罗浮山下四时春，卢橘杨梅次第新。
日啖荔支三百颗，不辞长作岭南人。

## 现代译文

罗浮山下一年四季都像春天一样温暖，卢橘和杨梅等果子依次成熟。

每天能吃到很多荔枝，我很喜欢岭南风物，愿意长久住这里作岭南居民。

## 评析鉴赏

荔枝素来被视为岭南佳果，历代咏叹荔枝诗词甚多，此诗当为传诵最广者。

此诗作于宋绍圣三年（1096）四月，这一年是东坡来到惠州的第三个年头。根据诗前的小序可知，东坡在惠州府衙东堂品尝到“将军树”所结的荔果，心生感慨，便写下了这首诗，盛赞荔枝是人间尤物。

“罗浮山下四时春”点明罗浮山四季如春的自然景观。罗浮山被誉为“百粤群山之祖”“岭南第一山”，生态优美、四季如画。素有“蓬莱仙境”之称的罗浮山，有432座山峰、980多处泉水、18处洞天奇景、72个石室幽岩，形成“山山瀑布，处处流泉”的奇丽景观，“满山皆奇石，峰峰有灵境”的山岳风景，以及“一山分四季，十里不同温”的自然特征，所以东坡赞其“四时春”。另外，此诗题目为《食荔支》，但下笔却先写罗浮山，也是有缘由的。东坡寓惠初地，就是罗浮山下的博罗县园洲镇泊头。他是乘船溯沙河至泊头登岸的。东坡后来在《题罗浮》中记述：“绍圣元年九月二十六日，东坡翁迁于惠州，舣舟泊头镇。明晨肩舆十五里，至罗浮山。”他还在文末表达了“期明年三月复来”的愿望。由此可见，作为寓惠初地，罗浮山是东坡的一个心结。

“卢橘杨梅次第新”句，“卢橘”和“杨梅”既是实指，也可看作虚指，说明罗浮山物产之多。罗浮山山清水秀、资源丰富，盛产荔枝、龙眼、三华李、橙、柑橘、柠檬、黄皮、生姜、芝菌、百合等物产，堪称岭南“花果山”。有论者考证《西游记》笔下的花果山即为罗浮山，确实有一定道理。屈大均所著《广东新语》多次提到罗浮物产：“芝菌，处处皆生，生于刚处为菌，柔处为芝。芝生罗浮最多，有二十四种，其知名者，曰石芝、木芝、草芝、菌芝。”“百合，罗浮最盛，根如葫蒜而大，重叠二三十斤，相合如莲瓣……”“罗浮多地肾，盖松之膏液，因郁蒸之气而成，或松花落地而成。”

如果说前面两句是铺垫，那么到了第三句“日啖荔支三百颗”，主题则呼之欲出。在卢橘、杨梅之外，罗浮山下又有什么佳果，又如何在东坡心中激起涟漪呢？原来是荔枝！荔枝味道甜美，唐代张九龄在《荔枝赋》中誉荔枝为“百果之中，无一可比”；北宋蔡襄在《荔枝谱》中赞荔枝为“果品卓然第一”，并云“荔枝之于天下，唯闽粤、南粤、巴蜀有之”。

出生于巴蜀的东坡对于荔枝的热爱自少年始，且终生不改。宋熙宁元年（1068），三十而立的东坡在眉山为父亲守孝三年后准备离乡赴任，蔡子华等乡亲为他在院子里种了一株荔枝，希望在荔枝开花结果之时，他能荣归故里。二十二年后，已经年过半百的东坡在钱塘江畔的杭州任职，想起当年的这个约定，仍念念不忘，写下了“故人送我东来时，手栽荔子待我归。荔子已丹吾发白，犹作江南未归客”的诗句。他以荔枝比作桑梓，道出了自己这个“江南未归客”的心声。令人遗憾的是，从1068年离乡至到离开人世，东坡再也没回过眉山。他对荔枝有一种特别的情愫，一生共创作了二十多首荔枝诗词，其中在惠州写得最多。在作品中，他盛赞荔枝“轻红酽白”“骨细肌香”“厚味高格两绝，果中无比”。因此，在这首诗作中，他才会诗情大发，酣畅淋漓喊出“日啖荔支三百颗”。

“不辞长作岭南人”可以看作此诗的“诗眼”。由物及人，由人及事。至此，东坡的心事和盘托出。此时，东坡寓居惠州已是第三年，他早已习惯了惠州的山水、风物和人情，愿意长长久久在岭南生活下去。说起来，“岭南”较早与东坡的生活发生关联，大约起于宋元丰二年（1079）。因为乌台诗案，东坡及其二十多位好友、朋僚被朝廷重责，他被贬湖北黄州（今湖北省黄冈市），好友王定国被贬岭南宾州（今广西壮族自治区宾阳县）。王定国被贬时，其侍妾柔奴（寓娘）毅然随行。宋元丰六年（1083），王定国北归后见到东坡，宾主酬酢之间，柔奴向东坡敬酒。东坡关切地问她：“试问岭南应不好？”柔奴答：“此心安处是吾乡。”东坡听后，大为感动，作《定风波·南海归，赠王定国侍人寓娘》词，对柔奴加以赞许。令人意想不到的是，十多年后，东坡竟然被贬岭南，侍妾朝云也毅然同往。有时候，人生际遇竟然会如此相似，让人唏嘘。

宋绍圣元年（1094）十月二日，东坡因为被诬“讥斥先朝”，被贬宁远军节度副使，被安置到惠州。如同初贬黄州时一样，刚来惠州时，东坡生活比较困顿，“未敢扣门求夜话，时叨送米续晨炊”，心绪颇为低落，曾感叹“吾生本无待，俯仰了此生”，但他很快振作起来，爱上了这座岭南小城。刚贬惠州时，东坡寓居合江楼、嘉祐寺等处，后又在白鹤峰下筑居，以作终老之所。时间一长，他不再怀有“北望中原”之念，而是希冀“以彼无限景，寓此有限年”。

针对东坡的惠州生涯，著名苏学研究专家王水照教授在《苏轼选集》序言中指出：“由于地处罗浮，东坡对道教理论家葛洪颇为倾倒。”确实，东坡谪居惠州时，曾作诗曰：“东坡之师抱朴老，真契久已交前生。”“愧此稚川翁，千载与我俱。”他从化解苦闷、寻求解脱的角度去汲取佛老思想，而不是沉迷其中不能自拔。也因为仕途多舛、颠沛流离，加上喜欢惠州的秀丽山川，东坡颇为推崇陶渊明的恬淡自然。和陶诗不是他首创，却是他将其发扬光大。在文学创作生涯中，东坡创作过大量和陶诗，其中大部分是在惠州和儋州所作的。他还自述其“和陶”用意：“平生出仕以犯世患，此所以深愧渊明，欲以晚节师范其万一也。”东坡仿佛告诉世人：他从此将作别仕途，欲效仿陶渊明归隐田园。不必讳言，陶渊明清静无为的避世遁俗之举深深影响了仕途不顺的东坡，但他终究没有归隐山林，而是乐观旷达、随遇而安，在“清静”中寻求“有为”，造福百姓、惠泽苍生。

# 寓惠三年　善政善教

## 评《两桥诗》

## 东坡原作

# 两桥诗

惠州之东，江溪合流，有桥多废坏，以小舟渡。罗浮道士邓守安始作浮桥，以四十舟为二十舫，铁锁石碇，随水涨落，榜曰东新桥。州西丰湖上有长桥，屡作屡坏，栖禅院僧希固筑进两岸，为飞楼九间，尽用石盐木，坚若铁石，榜曰西新桥。皆以绍圣三年六月毕工，作二诗落之。

## 东新桥

群鲸贯铁索，背负横空霓。
首摇翻雪江，尾插崩云溪。
机牙任信缩，涨落随高低。
辘轳卷巨绠，青蛟挂长堤。
奔舟免狂触，脱筏防撞挤。
一桥何足云，讙传满东西。
父老有不识，喜笑争攀跻。
鱼龙亦惊逃，雷雹生马蹄。
嗟此病涉久，公私困留稽。
奸民食此险，出没如凫鹥。
似卖失船壶，如去登楼梯。
不知百年来，几人陨沙泥。
岂知涛澜上，安若堂与闺。
往来无晨夜，醉病休扶携。
使君饮我言，妙割无牛鸡。

不云二子劳，叹我捐腰犀。
我亦寿使君，一言听扶藜。
常当修未坏，勿使后噬脐。

## 西新桥

昔桥本千柱，挂湖如断霓。
浮梁陷积淖，破板随奔溪。
笑看远岸没，坐觉孤城低。
聊因三农隙，稍进百步堤。
炎州无坚植，潦水轻推挤。
千年谁在者，铁柱罗浮西。
独有石盐木，白蚁不敢跻。
似开铜驼峰，如凿铁马蹄。
岌岌类鞭石，山川非会稽。
嗟我久阁笔，不书纸尾鹥。
萧然无尺棰，欲构飞空梯。
百夫下一杙，椓此百尺泥。
探囊赖故侯，宝钱出金闺。
父老喜云集，箪壶无空携。
三日饮不散，杀尽西村鸡。
似闻百岁前，海近湖有犀。
那知陵谷变，枯渎生茭藜。
后来勿忘今，冬涉水过脐。

## 现代译文

### 东新桥

铁索将船连起来，像串起一群鲸鱼，铁索桥如同背负着横亘在天空中缥缈的云霓。

桥头仿佛翻腾着雪白的江水，桥尾则像插入了升腾到云中的溪水。

桥梁设计构造巧妙、自如，随着江水的涨落而呈现出高低不同的姿态。

木制的汲水工具仿佛一根巨大的绳索，如同青色的藤蔓挂满长堤。奔忙的舟船不会激烈碰撞，离岸的筏子不会拥挤和撞击。

为什么要这样评说一座桥梁呢？因为竣工后，欢声笑语传遍东街西巷。

有不知道这座桥的父老乡亲非常欢喜，不顾危险争着上桥来观看。水中的鱼龙被这样的场面震撼而惊慌逃避，过江马匹之多，蹄声如雷雹。

我不禁感叹：这样危险的事情发生很久了，于公于私都留下了很多困扰。

不法之徒利用原来没建桥的危险来危害百姓，就像水鸟在江水中到处出没一样。

如果让渔民卖掉赖以生存的船只，就像让他们去攀爬楼梯一样。不知道一百年来有多少人因为这样而丧命于江里的泥沙中。他们哪里知道，胸襟坦荡的人在汹涌的波浪上，东新桥就像在家里的堂屋和

房间里一样淡定——哪怕时间在流逝中没有白天和黑夜之分，哪怕醉倒、病倒也不需要别人扶起来。

詹范使君宴请我并对我说，善割者，割牛割鸡都可以，让老百姓感觉

不到牛和鸡的区别。我在这里暂时不提及邓守安和希固的功劳，哪怕是我这样的贬官，也为修桥捐出了腰间的犀带。我也希望尊贵的官员听取

我的忠告，善待弱小的老百姓。在桥梁没有损坏时就常常检查，不要等损坏之后后悔莫及。

## 西新桥

西新桥过去的桥柱非常多，如同断掉的彩虹挂在湖面上。因为年久失修，浮在水面的桥梁就像陷在深深的泥沼中，损坏的桥板随着水而流走。附近的居民苦笑着看着远处的江岸而不能抵达，因为桥梁毁坏不能进出，所以觉得城市像一座孤城。我趁着农事不多的间隙，随意到江边的堤边去看看。这片南方之地没有木质坚硬的树，桥木常被水侵蚀推挤变形毁坏。一千年过去了，还有什么东西可以巍然屹立？只有位于罗浮山西面的这座桥。

它是用南方坚实耐久的石盐木材搭建而成的，不害怕白蚁的蛀蚀。

建造桥梁的过程，就像用铜铸造骆驼峰，就像凿开铁一样坚硬的马蹄。

这样的雄伟好像得到神的帮助一样，这样的山川美景不一定只是在浙江会稽出现。

我感叹搁下笔墨很久，没有完整地写过一篇文章。就好像手中没有一尺长的神奇木棍，却要去建造空中的梯子。还好，我终于看到了这样的景象：一百名工匠聚集在一根巨柱下，劳作于百尺高的泥土之中。

作者自己从袋中取出钱财资助，他们认真借鉴古人的智慧而建桥，我弟弟子由的妻子也为建桥捐款了。

桥梁建成后，父老乡亲们高兴地聚集在一起，拿出美食美酒来庆贺。他们喝酒狂欢三天三夜，将西村所有的鸡杀尽来佐酒。我好像听说在一百多年前，惠州的大海靠近湖泊，而且还有犀牛。没想到山脉、谷地也会发生变化，枯萎的溪流中竟然会生长出茭藜。后来的人们要记得这座桥的好处，不要忘记桥梁建好前大家在冬天水深过脐时涉水的情形。

## 评析鉴赏

此诗作于宋绍圣三年（1096）六月，时东新桥、西新桥落成。两桥建成是东坡寓惠期间的一大功绩。诗歌前面的引语简明扼要说明：两座桥过去都有损毁，百姓来往不便，在罗浮道士邓守安、栖禅院僧希固的帮助下，两桥得以重修，东坡欣然作诗记之。

《东新桥》开头的“群鲸贯铁索，背负横空霓。首摇翻雪江，尾插崩云溪”描绘了东新桥的宏伟壮观，“机牙任信缩，涨落随高低。辘轳卷巨绠，青蛟挂长堤。奔舟免狂触，脱筏防撞挤”点明了东新桥的功用，“一桥何足云，讙传满东西。父老有不识，喜笑争攀跻。鱼龙亦惊逃，雷雹生马蹄”讲述了大桥落成后老百姓欢欣鼓舞的心情。然后话锋一转，讲述因为一些官员不作为，导致多年来老百姓过江不便，有的还葬身江涛。最后感谢罗浮道士邓守安、栖禅院僧希固对于建桥的无私帮助，还说他自己也为建桥捐献犀带。“常当修未坏，勿使后噬脐”，通过建桥这件事，提出有益的告诫：凡事都要未雨绸缪、策划在前，如果等到事情不可挽回之时再介入，就会悔之晚矣。全诗先果后因、先实后虚，达到了很好的边述边议的效果。

如果说《东新桥》是“以新忆旧”的话，那么《西新桥》则是“以旧衬新”。《东新桥》开头便展示东新桥的新姿，而《西新桥》开头则刻画西新桥的旧态——“昔桥本千柱，挂湖如断霓。浮梁陷积淖，破板随奔溪。笑看远岸没，坐觉孤城低。聊因三农隙，稍进百步堤。炎州无坚植，潦水轻推挤”。因为桥梁年久失修，给百姓出行、农耕水利都带来不利的影响。“千年谁在者，铁柱罗浮西。独有石盐木，白蚁不敢跻。似开铜驼峰，如凿铁马蹄。岌岌类鞭石，山川非会稽”句，点明西新桥的建材扎实、桥体坚固耐久，以及对于惠州山水的营造之功。最后抒怀，讲述自己被工匠们精湛的技艺所打动，还动员弟媳为建桥捐资，老百姓因大桥竣工而欣喜若狂。最后如《东新桥》一样提出告诫：前人栽树，后人乘凉。过桥不忘筑桥人，时刻想念众前辈。

想象奇特、极尽夸张、大胆用典是这两首诗一个非常显著的特点。如“群鲸贯铁索，背负横空霓”“似开铜驼峰，如凿铁马蹄”等句，如横空出世、气势不凡；“机牙”“噬脐”“鞭石”“故侯”等用典，也是恰到好处，能起到升华意境、强化主题的作用。

东坡深受夸张怪诞的庄子文化、神秘豪勇的巴蜀文化、瑰丽浪漫的楚文化影响，作品常常表现出幽思冥想、神奇谲怪、精骛八极、心游万仞的艺术特质。另外，东坡的诗歌喜发议论、以诗述理。清代赵翼所著《瓯北诗话》云：“坡诗不尚雄杰一派，其绝人处在乎议论英爽，笔锋精锐，举重若轻，读之似不甚用力而力已透十分，此天才也。”钱钟书先生在《谈艺录》中说：“唐诗多以丰神情韵擅长，宋诗多以筋骨思理见胜。”以此两说比照《两桥诗》，确实颇为契合。

鼎力支持修建东新桥、西新桥是东坡在惠州留下的“美政”。走上仕途后，东坡非常景仰屈原，希望能够成就像他那样的“美政”。即使贬谪惠州，“处江湖之远”，也仍旧不忘惠泽苍生。宋代费衮所著《梁溪漫志》卷四《东坡谪居中勇于为义》载：“东坡居惠，勇于为义……东坡与之（指“程正辅”）中表，凡惠州官事，悉以告之。”他多次致信当时担任广南东路提点刑狱公事的表兄程正辅，希望得到他的支持，为惠州百姓修桥筑路、改良农具。

在各方共同努力下，两座桥很快建成，老百姓欢欣鼓舞：“父老有不识，喜笑争攀跻。”此外，谪居惠州时，东坡还非常关心农业生产，向惠州老百姓推广“日行千畦”的秧马和能够有效减轻农民碾米劳动强度的水碓磨。了解到惠州瘴毒流行之后，东坡立即像当年在杭州、黄州时那样，搜购药物，施药救人。

东坡对惠州的深远影响，不仅在于他的“美政”和在惠州创作的各类诗文，还在于他通过自己诗文的点染，赋予惠州山水以文化、以灵魂、以地位。在《和陶〈时运〉》四首中，东坡赞许惠州“我视此邦，如洙如沂”。在他之前，包括惠州在内的岭南地区，常常被中原、江南地区视为南蛮之地、瘴疠之地，是众多贬官的流放地。而在东坡眼中，这里不仅风景秀丽，而且人文昌盛，好像邹鲁之邦。这样的描写，彻底颠覆了历来对于岭南的偏见，在生态意义、文化意义上给予岭南以一席之地。另外，东坡最早称丰湖为“西湖”。宋绍圣二年（1095）九月，东坡创作《赠昙秀》一诗，诗中写道：“西湖北望三千里，大堤冉冉横秋水。”南宋以后，人们根据东坡此诗，逐渐将丰湖称作“西湖”，西湖得以浸润文运。因此，明代惠州学者张萱在《惠州西湖歌》中由衷表达对东坡的敬仰之情：“惠州西湖岭之东，标名亦自东坡公。”清代归善知县蔡梦麟在《重修东坡祠记》中说：“寓惠三年，善政善教，百代观法焉。”当是对东坡惠州贬谪生涯的中肯评价。这也是东坡身处逆境而展现出来的“弱德之美”（叶嘉莹先生定义的一种道德，指贤人君子处在强大的外部压力下仍能恪守信念、有所作为的品德，这种品德有其独特之美）。

宋绍圣四年（1097），年过花甲的东坡被一叶孤舟送到更加遥远、荒凉的海南儋州。早已习惯了贬谪生涯的东坡，把儋州当成第二故乡，“我本儋耳人，寄生西蜀州”。他在儋州开办学堂、重视教化、传播医学，成就斐然。

宋建中靖国元年（1101）正月，东坡北归途中游览润州（今江苏省镇江市）金山寺，看着自己的画像，百感交集，以半自嘲、半自豪的口吻写下《自题金山画像》：“心似已灰之木，身如不系之舟。问汝平生功业，黄州惠州儋州。”这也是东坡深思熟虑后的心迹表白：在黄州时，东坡有明显的客寓意识，觉得自己是外人（“拣尽寒枝不肯栖，寂寞沙洲冷”）；在惠州，渐渐淡化了这种客寓意识，希望终老惠州（“日啖荔支三百颗，不辞长作岭南人”）；在儋州，完全忘记了自己，感觉自己本来就是海南人（“我本儋耳人，寄生西蜀州”）。东坡就是这样在一次次被贬过程中逐渐实现人生的升华、回归心灵的本真，并最终以赤子之心回报善待他的三地民众，成就“平生功业”的。在他的“平生功业”中惠州占有一席之地，这是肺腑之言。

东坡寓惠千日，影响惠州千年。东坡关爱百姓，百姓敬重东坡，他们相处融洽、情谊深挚，留下许多千古传颂的动人故事。惠州历代均重视保护、修缮苏东坡祠（白鹤峰故居）。自宋元符三年（1100）立祠至清宣统二年（1910）的八百一十年间，惠州对白鹤峰苏东坡祠的重建修葺、扩增不少于三十四次。

“一自坡公谪南海，天下不敢小惠州。”清代诗人江逢辰如此赞佩东坡。诚哉斯言。

# 『敏而好义』说朝云

评《雨中花慢》

## 东坡原作

### 雨中花慢

嫩脸羞蛾，因甚化作行云，却返巫阳。但有寒灯孤枕，皓月空床。长记当初，乍谐云雨，便学鸾凰。又岂料、正好三春桃李，一夜风霜。

丹青□画，无言无笑，看了漫结愁肠。襟袖上，犹存残黛，渐减余香。一自醉中忘了，奈何酒后思量。算应负你，枕前珠泪，万点千行。

## 现代译文

朝云啊，你年轻而漂亮，为什么就化作天上流动的云朵，去了天国呢？每到寒冷的夜晚，我只有青灯相伴。哪怕皓月当空、照进房间，我也难以入睡。我常常想起当初，你跟随着我，虽然没有名分，但还是像夫妻一样恩爱。我哪里想得到，你来到惠州刚刚度过三个春天，就突然离我而去。

我看着为你画的画，你却没有言语，也没有欢笑，让我更加百结愁肠。我的襟袖上还残留着你化妆时的粉黛，奈何香味越来越淡了。我伤心得喝醉了，好像把你忘了，只是酒醒后仍然想念你。细细思量，我应该是辜负了你的，如今只能在枕前落下无数行眼泪。

## 评析鉴赏

此词作于宋绍圣三年（1096）七月，为东坡有名的悼亡词之一。此作起始轻声细诉、娓娓道来，继则独自饮泣、凄然长叹。这是东坡与朝云跨越生死的对话。词作虽以日常生活为描写场景，却写得情深意切、凄婉动人，洋溢着沁入心扉的思念和感伤的情愫。

开头三句"嫩脸羞蛾，因甚化作行云，却返巫阳"，设问起句，直奔悼亡主题。"但有寒灯孤馆，皓月空床"，渲染朝云离世后作者孤寂、哀伤的心理，"长记当初，乍谐云雨，便学鸾凰"，回忆朝云追随自己的岁月，为朝云的突然离世而伤悲。东坡与朝云感情颇深，他也感念朝云的一路追随。宋熙宁四年（1071）六月，东坡到杭州做通判，后结识十二岁的朝云，将其收在身边做婢女。宋元丰二年（1079），东坡受乌台诗案牵连入狱，后贬为黄州团练副使。宋元丰三年（1080）正月初一，东坡一家离开京城赴黄州。在黄州期间，东坡和朝云过着"空庖煮寒菜，破灶烧湿苇"的凄苦生活。宋元丰七年（1084）三月，东坡又接诏命，任汝州团练副使。七月二十八日，正是酷热的暑天，船只停泊在金陵（今江苏省南京市）的江边，他们幼小的儿子苏遯中暑不治。朝云悲痛至极，泪流不止。宋绍圣元年（1094），东坡再次贬谪岭南、惠州安置，朝云决意随行。在惠州时，朝云不适水土，郁郁寡欢，常入庵堂寺院，与青灯黄卷相伴，后染上瘟疫，离世时才三十四岁，因此东坡会发出"正好三春桃李，一夜风霜"的感慨。

"正好三春桃李，一夜风霜"之句承上启下，自然转入下阕。"丹青□画，无言无笑，看了漫结愁肠"，为全词奠定了哀伤、凄婉基调。"襟袖上，犹存残黛，渐减余香"，从朝云日常生活细节刻画，以高度艺术化的词句，渲染东坡内心的凄苦、哀怨。"算应负你，枕前珠泪，万点千行"，将哀伤情结推至高潮，东坡那种寒灯孤枕、皓月空床的孤独和寂寞跃然纸上。这一句与东坡悼念原配妻子王弗所作的《江城子·乙卯正月二十日夜记梦》中的最后一句“料得年年肠断处，明月夜，短松冈”，虽然怀念的对象不同、描写的场景不同，但心境颇似，有异曲同工之妙。

东坡感情丰富、情深义重，他曾娶过两位妻子，可惜都英年早逝。原配王弗和第二任妻子王闰之去世后，他分别写了《江城子·乙卯正月二十日夜记梦》《蝶恋花·泛泛东风初破五》，以寄托他的哀思。侍妾朝云去世后，东坡创作了多首诗词来悼念她。还有三则轶事，也可看出东坡对朝云的深情。其一，东坡与朝云的“初见”。宋熙宁六年（1073），东坡担任杭州通判，在西湖之畔写下《饮湖上初晴后雨二首》，其中第二首家喻户晓：“水光潋滟晴方好，山色空蒙雨亦奇。欲把西湖比西子，淡妆浓抹总相宜。”水光、山色，淡妆、浓抹，多么赏心悦目、沁人肺腑。据说，是年二月，东坡与友人同游西湖，宴饮时有歌舞助兴，东坡发现舞女朝云清丽淡雅、楚楚动人，便以“欲把西湖比西子，淡妆浓抹总相宜”比之，当即收为侍女。联系东坡所撰《朝云墓志铭》“事先生二十有三年，忠敬若一。绍圣三年七月壬辰，卒于惠州，年三十四”的记载来看，宋熙宁六年，朝云十二岁（虚岁），东坡与朝云有可能是在这次聚会中相识的。即使是后来的文人墨客演绎了这次“初见”，又何尝不可？这首诗“无意间”刻画了朝云的美丽，见证了东坡的一见钟情，为他们的爱情故事氤氲了一道超凡脱俗的唯美色彩。其二，朝云字“子霞”，“朝云”名为东坡所取，源自战国时期辞赋家宋玉《高唐赋》中“旦为朝云，暮为行雨”的巫山神女。在《高唐赋》的续篇《神女赋》中，宋玉这样描绘巫山神女：“其相无双，其美无极”“意似近而既远兮，若将来而复旋”。因此，在东坡心目中，朝云就是巫山神女，恬静含蓄，美丽圣洁。其三，朝云真正走进了东坡的内心世界。有一次，东坡退朝回家酒足饭饱之后，摸了摸发福的肚子，笑着问几个侍女：“你们说说，我肚子里装了些什么？”有侍女回答是锦绣文章，也有侍女说是远大的见识，东坡听后，不以为然地摇了摇头。这时，朝云脱口而出：“大学士肚子里装的是‘不合时宜’。”东坡捧腹大笑：“朝云知我。”朝云离世后，东坡为朝云建造了六如亭，还题写了一副对联：“不合时宜，唯有朝云能识我；独弹古调，每逢暮雨倍思卿。”上联正出自这则逸事。

朝云虽然出身卑微，但无论东坡“居庙堂之高”，还是“处江湖之远”，她始终忠贞不贰、决意追随。或许在东坡心目中，朝云更多是他的红颜知己。因此，东坡在《朝云墓志铭》中称朝云“敏而好义”“忠敬若一”。这对朝云来说，确实是一个很高的评价。

# 天女维摩总解禅

评《悼朝云》

## 东坡原作

### 悼朝云

绍圣元年十一月戏作《朝云诗》。三年七月五日朝云病亡于惠州，葬之栖禅寺松林中东南，直大圣塔。予既铭其墓，且和前诗以自解。朝云始不识字，晚忽学书，粗有楷法，盖尝从泗上比丘尼义冲学佛，亦略闻大义。且死，诵《金刚经》四句偈而绝。

苗而不秀岂其天，不使童乌与我玄。
驻景恨无千岁药，赠行惟有小乘禅。
伤心一念偿前债，弹指三生断后缘。
归卧竹根无远近，夜灯勤礼塔中仙。

## 现代译文

王朝云和我生的儿子，像庾信和杨雄儿子一样早早夭亡了，是天意如此啊。

我怨恨没有千年的灵丹妙药留住你的容颜，只能默默地念上小乘教的经文为你送行。

我如此伤心是为了偿还对你欠下的情债，这一瞬间的离别断送了你我的前世、今生、来世的因缘。

朝云虽然逝去，但永在我心中，与生前没有远近之别，我都会在每天晚上求大圣塔中的神灵来保佑你的亡灵。

## 评析鉴赏

此诗作于宋绍圣三年（1096）八月安葬朝云之时。东坡在诗引中已提及写此诗的目的，是和其初至惠州时作的《朝云诗》以自解。

“苗而不秀岂其天，不使童乌与我玄”，借用汉代扬雄之子童乌早夭的典故，来说明朝云和东坡生的儿子，像庾信和扬雄儿子一样早早夭亡，表达对生老病死的无奈。“驻景恨无千岁药，赠行惟有小乘禅”，表达了东坡对于朝云逝去的悲伤，希望她去往天国之后继续研习经文。“伤心一念偿前债，弹指三生断后缘”，说明东坡在悲痛之余已经慢慢接受了朝云离去的事实。朝云去世前，曾赠《金刚经》偈语“一切有为法，如梦幻泡影；如露亦如电，应作如是观”给东坡，东坡虽然知道来生虚无缥缈，但依旧相信朝云是往生极乐、此生续缘、来生与自己已缘尽的。“归卧竹根无远近，夜灯勤礼塔中仙”，东坡祈愿朝云能超脱生死轮回，脱离人生疾苦，进入佛的境界。而他自己也将在余生勤修佛道，期望未来有一天能够与朝云在佛国净土相见。

《悼朝云》一诗氤氲着浓厚的佛老思想，这与东坡浸润于佛教思想是分不开的。贬谪黄州期间，他常常焚香默坐、深自省察，以求“一念清静，染污自落，表里翛然，无所附丽”。贬谪惠州路过大庾岭时，他写了一首《过大庾岭》：“一念失垢污，身心洞清净。浩然天地间，惟我独也正。今日岭上行，身世永相忘。仙人拊我顶，结发受长生。”诗中说的“一念”是佛家概念，意思是人要有禅定心怀，如果心中一动念，就不再清净，而陷入污秽的尘世。过了大庾岭，东坡参拜了南华寺，写了《南华寺》一诗：“云何见祖师，要识本来面。亭亭塔中人，问我何所见。可怜明上座，万法了一电。饮水既自知，指月无复眩。我本修行人，三世积精炼。中间一念失，受此百年谴。抠衣礼真相，感动泪雨霰。借师锡端泉，洗我绮语砚。”南华寺是六祖慧能的道场、岭南佛学圣地，东坡前来参拜，是因为他长期浸润佛学，希望从中得到生命的感悟，提升自我的境界。他当时很清楚，自己是戴罪之身，能够见到六祖慧能真身，非常感激，想借此清除自身的烦恼。所以包括此诗在内，东坡在惠州创作的很多诗文，都浸润着浓厚的佛家思想和老庄思想。

东坡对于颇具慧根的朝云一往情深，当是有缘由的。他少年得志、一身玲珑，曾经赴杭州、颍州、扬州等地任职，但宦海沉浮，三次被贬。尤其是贬谪到惠州时，已是人生暮年，但朝云毅然跟随，东坡颇为感动，作《朝云诗》："不似杨枝别乐天，恰如通德伴伶元。阿奴络秀不同老，天女维摩总解禅。经卷药炉新活计，舞衫歌板旧因缘。丹成逐我三山去，不作巫阳云雨仙。"这首诗的引语有这样一段话："予家有数妾，四五年相继辞去，独朝云者随予南迁。因读《乐天集》，戏作此诗。"翻译成现代文就是：我家中原来有几名姬妾，但四五年之内她们陆续离开了我，只有朝云义无反顾随我来到南方。我原来读白居易的诗歌得知，他年老体衰时，深受他宠爱的美妾也离开了他。朝云的患难与共、情定志坚，让东坡非常感动。

到惠州后，朝云很不适应岭南的气候，没多久便染上瘟疫，身体十分虚弱，终日与药为伍，身体一时难以恢复。宋绍圣三年（1096）八月，朝云病逝，年仅三十四岁。朝云十二岁就跟随东坡，后成为侍妾。她"敏而好义，事先生二十有三年，忠敬若一"。朝云离世，东坡非常哀伤，将她安葬于惠州丰湖（今惠州西湖）栖禅山寺的东南，并为其建了一座六如亭，写下楹联纪念："不合时宜，唯有朝云能识我；独弹古调，每逢暮雨倍思卿"。东坡还为她写下《朝云墓志铭》，又写了《西江月　梅花》《雨中花慢》《惠州荐朝云疏》《题栖禅院》《悼朝云》等诗词、文章。

清嘉庆四年（1799），书法家伊秉绶任惠州知府。有一次，他到六如亭拜谒，看到朝云墓地一片荒芜，便进行了修复，并补刻了东坡的《朝云墓志铭》。《朝云墓志铭》曰："东坡先生侍妾曰朝云，字子霞，姓王氏，钱塘人。敏而好义，事先生二十有三年，忠敬若一。绍圣三年七月壬辰，卒于惠州，年三十四。八月庚申，葬之丰湖之上栖禅山寺之东南。生子遯，未期而夭。盖常从比丘尼义冲学佛法，亦粗识大意。且死，诵

《金刚经》四句偈以绝。铭曰：浮屠是瞻，伽蓝是依。如汝宿心，惟佛是归。”

确实，惠州西湖当给义薄云天、敏而好义、忠敬若一的王朝云一席之地！

# 半随飞雪度关山

评《西江月　梅花》

## 东坡原作

### 西江月　梅花

玉骨那愁瘴雾，冰姿自有仙风。海仙时遣探芳丛。倒挂绿毛么凤。
素面翻嫌粉涴，洗妆不褪唇红。高情已逐晓云空。不与梨花同梦。

## 现代译文

冰清玉洁的梅花哪里惧怕瘴雾的侵袭，她有高风亮节的姿态。因为梅花的殊荣，海上的仙人经常派遣使者到花丛中探视。这个使者就是绿毛红嘴的南海珍禽倒挂子。

梅花喜欢素面，不喜欢粉黛梳妆，哪怕洗去了妆容，依旧有原本艳红的姿态。高尚的情操已经追逐拂晓那缀满云彩的天空而去，原来梅花怀有和梨花不一样的梦想。

## 评析鉴赏

梅花是中国古典诗词中常常用到的意象，早在诗经时代，梅花已具象征意义。梅花耐寒、坚韧、挺拔、高洁，深受文人墨客青睐。此词作于宋绍圣三年（1096）十月，看似是一首咏梅词，其实是一首借喻梅花悼念朝云的作品，蕴含着东坡对朝云的无限思恋和一往情深。明代文学家杨慎所著《词品》认为："古今梅词，以坡仙'绿毛么凤'为第一。"这种论断确实颇有见地。

梅花冰清玉洁，有"花魁"之誉。上阕起首两句"玉骨那愁瘴雾，冰姿自有仙风"，道出了梅花不惧瘴邪、芳华绝代的气质。"玉骨""冰姿"两词，意象高拔，堪为"词眼"。而"海仙时遣探芳丛。倒挂绿毛么凤"，通过塑造一个神话细节，以夸张、绮丽的手法，说明梅花不仅颇得人世间的夸赞，而且还得到仙界的青睐。东坡和朝云均信佛，此处的"海仙"暗含深意，隐喻朝云的品格感动了上苍，欣然接受了她。

下阕起句"素面翻嫌粉涴，洗妆不褪唇红"，以大写意的笔触，状写梅花的形貌、姿容。这里其实也诠释了朝云朴真、高拔的人格。"高情已逐晓云空。不与梨花同梦"中，"晓云"指代"朝云"。至此，东坡绵绵情思、怀念达至高潮——希望朝云高尚的品格长留天地之间。清初广东大儒屈大均在《广东新语·木语》中云："故欲见天地之心者于梅，欲见梅得气之先者于粤。"东坡宦海沉浮，但朝云始终跟随，"事先生二十有三年"。联系到朝云随东坡南迁的经历，她定是"得气之先"的。这就是朝云的风神秀骨。

从艺术特色上来说，这首小令空灵蕴藉、言近旨远，给人以绵绵的遐思。东坡既以人拟花，又借花喻人，无论是写人还是写花，都妙得神韵。近代蔡嵩云《柯亭词论》云："东坡小令，清丽纡徐，雅人深致，另辟一境。设非胸襟高旷，焉能有此吐属。"王国维先生《人间词话》云："诗之境阔，词之言长。"这首词作确乎有"清丽纡徐，雅人深致"之境，而且颇得"词之言长"之味。另外，此作除了题目点明是描摹"梅花"，全章不见一个"梅"字，可谓"不著一字，尽得风流"，寄托了东坡对朝云的默默怀念。

东坡视梅花为知己。他创作的诗词中以梅花为主题的约有四十首，占他全部咏花诗词的一半以上。宋元丰三年（1080）三月，东坡遭贬前往黄州途中，曾作《梅花二首》，其中一首曰："春来幽谷水潺潺，的皪梅花草棘间。一夜东风吹石裂，半随飞雪度关山。"当时，东坡以梅花自比。

让人感怀的是，那只是东坡贬谪生涯的开端，在未来不可预知的岁月，在更加偏远的惠州、儋州，也会留下他生命的印记。如果说“一夜东风吹石裂”是东坡自况的话，那么“半随飞雪度关山”何尝不是朝云命运的写照？！而“半随飞雪度关山”最终的归宿，便是“高情已逐晓云空”。

朝云是以侍妾身份跟随东坡来到惠州的。那么，既然东坡如此挚爱朝云，为什么没有将朝云扶为正室呢？这是有时代背景的。在封建社会，即使妻子已经离世，侍妾也是不能“升格”为妻子的。宋代能够纳妾的，大部分是有地位的官员、经济条件优厚的富裕阶层。宋朝法律规定：将妻子贬为侍妾，或者将婢女“升格”为妻子的，流放到外地两年；将侍妾和地位类似于奴婢的女子“升格”为妻子的，流放到外地一年半。当然，针对这些违反法律的做法，基本上是“民不告，官不究”。但东坡作为当时有名的士大夫，还是要考虑这些法律规定的。因此，第二任妻子王闰之于宋元祐八年（1093）去世后，东坡没有再娶，可见他早已将一直陪伴在身边的侍妾朝云当成事实上的妻子。作家林语堂在《苏东坡传》中讲述道：“不管儒家批评者怎么看，苏东坡和朝云（如今可以看作他的妻子了）都算佛教徒。他们共同建造放生池。苏东坡说朝云喜欢行善，这是佛家的训示。”南京大学教授莫砺锋在其著作《漫话东坡》中写道：“时至今日，我们当然应承认朝云是东坡的妻子，事实上东坡早已把朝云视为闺中知已，她在东坡心中的重量并不逊于王弗与王闰之。她是东坡最亲密的人生伴侣。”东坡与朝云的感情之深厚，由此可见一斑。

朝云魂留惠州，民众怀念朝云。每年农历十二月初五，是朝云诞辰日。朝云辞世后，惠州民众会在这一天前往朝云墓祭拜，称为“朝云会节”。这种习俗延续了很多年。未婚女子会祭祀祈福、补种梅花。清代惠州名士江逢辰的诗句“士女倾城补种花”，描写的就是“朝云会节”的情景。而江逢辰另一首诗《惠州西湖棹歌》也写道：“六如亭路多垂杨，红菱翠藕开野塘。郎坐船头妾船尾，朝云墓上去烧香。”这样的习俗，一直延续到清朝末年，可见惠州民间对东坡及朝云的怀念。

# 每逢佳处辄参禅

评《吴子野绝粒不睡，过作诗戏之，芝上人、陆道士皆和，予亦次其韵》

## 东坡原作

### 吴子野绝粒不睡，过作诗戏之，芝上人、陆道士皆和，予亦次其韵

聊为不死五通仙，终了无生一大缘。
独鹤有声知半夜，老蚕不食已三眠。
怜君解比人间梦，许我时逃醉后禅。
会与江山成故事，不妨诗酒乐新年。

## 现代译文

吴子野先生暂且当一回不死的五通仙，哪怕最后不生不灭也能够抵达佛家所说的缘。

孤寂的鹤发出鸣叫就知道半夜到了，年迈的蚕虫不吃不喝也说明它已蜕皮三次了。

我理解你将这些事例与人间相比，也请允许我时不时在醉酒后再参禅。

随着岁月流逝，我们都会和江山一样成为过去，不妨准备好诗歌和美酒快乐度过新年。

## 评析鉴赏

此诗作于宋绍圣三年（1096）十二月，其时为春节前夕。东坡挚友、道人吴子野为了参禅，不吃不喝也不睡，东坡之子苏过作诗戏谑他，而其他来客如昙秀道人、陆道士等，依照苏过的诗韵都作了和唱，东坡也次其韵而和之。东坡在感谢大家对自己处境的理解的同时，还用“会与江山成故事，不妨诗酒乐新年”来表白自己此时的心迹。

“聊为不死五通仙，终了无生一大缘”以传说中的五通仙（五通神）类比“吴子野绝粒不睡”，说明其对佛禅逍遥无极、自由自在的向往。实际上，东坡也是借由此事，化解其自身人世尘缘，浇灭胸中块垒。

“独鹤有声知半夜，老蚕不食已三眠”，通过描摹自然界的景观，描绘出一种万籁俱静、澄明素洁、物我相谐的空灵之境。“鹤”和“蚕”均为东坡喜爱的文学意象。贬谪黄州时，东坡曾作《后赤壁赋》，其中有云：“适有孤鹤，横江东来，翅如车轮，玄裳缟衣，戛然长鸣，掠予舟而西也。”这是何等随缘放旷、风光霁月！同样遭遇贬谪生涯，同样是在月朗星稀的晚上，同样讲到孤独之鹤，东坡的豁达、坦然，伴随他从黄州走到惠州。东坡老家为蜀地眉山，是华夏养蚕业发源地之一，亦有蚕神（青衣神）崇拜。《东坡志林》中有“昔吾先君夫人僦宅于眉，为纱縠行”的记述，大意是，东坡的母亲程夫人是开蚕丝、丝绸行的。

史载，纱縠行是程夫人于宋庆历六年（1046）创办的，过了两年，苏洵改纱縠行之名“南轩”为“来风轩”，既为商行，亦兼书室。宋嘉祐二年（1057），苏轼、苏辙兄弟同榜高中进士，名震京师，后人据此将“来风轩”改为“来凤轩”，寓意苏家飞出了两只凤凰。东坡自小耳濡目染蚕桑农事，对塘埂种桑、桑叶喂蚕、蚕丝交易等非常熟稔。仕途之中，曾作“闲时尚以蚕为市，共忘辛苦逐欣欢”“云霾浪打人迹绝，时有沙户祈春蚕”等诗句，表达对农民辛勤稼穑的礼赞。而此诗的“蚕”，则象征着韶华易老、人生易逝。

“怜君解比人间梦，许我时逃醉后禅”，诗人通过一种自如、淡然的口吻，在与友人的对话中排除杂念，完成对苦闷、煎熬的消解，也完成与自我、外界的和解，颇有禅宗“游戏三昧”的趣味。自走上仕途，尤其是遭遇贬谪以来，“人间（人生）”一直是东坡面临的重大课题。宋嘉祐六年（1061）十一月，二十四岁的东坡欲赴任凤翔府节度使判官，其弟苏辙相送，返程途中经过渑池，作诗赠东坡，东坡作《和子由渑池怀旧》相赠，开篇即是：“人生到处知何似？应似飞鸿踏雪泥。泥上偶然留指爪，鸿飞那复计东西。”宋元丰五年（1082），贬谪黄州的东坡写下千古名篇《念奴娇　赤壁怀古》，感慨“人生如梦，一尊还酹江月”。宋元丰七年（1084年），东坡即将离开黄州，作《满庭芳》，又一次感慨“人生底事，来往如梭”。东坡家学渊源深厚，青少年时期便研习佛教，佛禅思想贯穿一生。尤其是“处江湖之远”时，自觉接受佛禅，将其融入文学创作中。在黄州时，他自号“东坡居士”，常以东坡居士之号交游唱和、写诗作文。在长期的文学创作中，他以禅入诗词、入文章，使作品具有深沉的人生体验、深刻的精神境界和丰沛的情感表达。如“野市有禅客，钓台寻暮烟”“暂借好诗消永夜，每逢佳处辄参禅”“未敢转千佛，且从千佛转”，等等。

“会与江山成故事，不妨诗酒乐新年”，一如既往地展现了东坡的豪迈、旷达。宋熙宁七年（1074），因为反对王安石变法，东坡遭遇仕途中的第一次挫折，被排挤出朝廷，担任密州（今山东省诸城市）太守。次年八月，他开始治园圃、洁庭宇，把园圃北面一个旧台修葺一新，取名“超然台”。东坡写了《超然台记》，表达“以见余之无所往而不乐者，盖游于物之外”的旷达心态。他还作词《望江南》，依然是一派旷达——“休对故人思故国，且将新火试新茶。诗酒趁年华”。东坡刚贬黄州时，家大口阔，入不敷出，生活困顿，但他努力调适自我，常怀乐观。在游览黄州赤鼻矶（今东坡赤壁）时，他由衷赞叹“江山如画，一时多少豪杰”。一位襟怀超旷、识度明达、善于自解的诗人形象，仿佛浮现在读者眼前。

人事有代谢，江山成故事。经历过宦海沉浮、人间冷暖，东坡加深了对人生荣辱、悲欢离合、世间万物等的认识，达成对个体生命的内在超越、对天地万物的客观审视，形成悲天悯人、众生平等的思想。这是包括本诗在内的东坡众多诗词的艺术探求，展现了他以心灵映射万象、代山川而立言的诗性人生。

# 永结无穷之欢

评《白鹤峰新居欲成，夜过西邻翟秀才，二首》

## 东坡原作

### 白鹤峰新居欲成，夜过西邻翟秀才，二首

#### 其一

林行婆家初闭户，翟夫子舍尚留关。
连娟缺月黄昏后，缥缈新居紫翠间。
系闷岂无罗带水，割愁还有剑铓山。
中原北望无归日，邻火村舂自往还。

#### 其二

瓮间毕卓防偷酒，壁后匡衡不点灯。
待凿平江百尺井，要分清暑一壶冰。
佐卿恐是归来鹤，次律宁非过去僧。
他日莫寻王粲宅，梦中来往本何曾。

## 现代译文

#### 其一

卖酒的林行婆家刚刚关了门，西邻的翟秀才还没有关上门栓。弯曲纤细的缺月静静地悬在黄昏的天空上，缥缈的新居在翠绿中忽隐忽现。

赶走苦闷岂能像没有罗带一样的水流，消除愁绪还需要形如利剑一样的山峰。

我想回到中原却遥遥无期，好在可以随意看那邻居的灯火，听那村中舂米的碓声。

## 其二

各位乡邻要提防像毕卓这样的酒鬼，也要提防像匡衡这样苦读而凿壁借光的读书人。

等到凿开平静的江边的深井，我要分到暑天清凉的一壶冰水。

佐卿先生恐怕是万里归来的鹤，次律先生难道不是我曾经遇见的僧人?

未来我不要再去追寻王粲家那样奢华的宅子，这种经历和交往只会在梦中才会出现。

## 评析鉴赏

此诗作于宋绍圣三年（1096）十二月。当时，东坡位于白鹤峰的新居正在建设中，即将竣工。作品通过细微的描写，展现了东坡与惠州民众融洽和谐的关系，是对其“不辞长作岭南人”的很好诠释。

第一首中，“林行婆家初闭户，翟夫子舍尚留关”两句，从黄昏时节东坡的新居左邻右舍的生活细节写起，刻画了一幅非常具有市井气的日常场景，从一个侧面见证了东坡与普通民众的融洽关系，也说明过尽千帆、历经万险之后，东坡的心境已经平复，迈向寻常日子。接着话锋一转，谈到自己的新居：“连娟缺月黄昏后，缥缈新居紫翠间。”“缺月”“黄昏”“新居”“紫翠”，几个唯美的意象组合在一起，呈现出幽深、宁静的意境。这正是东坡心目中的家。“系闷岂无罗带水，割愁还有剑铓山”，表明东坡虽然时常会回忆起曾经的波折，但已抽刀断水、勇于“割愁”。东坡感叹“中原北望无归日”是有缘由的，也庆幸“邻火村春自往还”。宋绍圣二年（1095）冬，东坡已知“永不叙复”，北归无望，开始在惠州找地方建房，把惠州作为终老之地，最终选址定在白鹤峰。房屋框架搭成时，东坡欣喜若狂，挥就《白鹤新居上梁文》，文中说：“鹅城万室，错居二水之间；鹤观一峰，独立千岩之上。”他还表示“何辞一笑之乐，永结无穷之欢”，非常中意这种可以看见“邻火”“村舂”的生活。

如果说第一首更多是表达东坡的心迹，那么第二首更多是东坡对未来生活的憧憬。“瓮间毕卓防偷酒，壁后匡衡不点灯”，以两个历史典故开头，刻画了一个开怀畅饮的嗜酒者形象，“壁后匡衡不点灯”更是活用典故，破原意而用之，生动诙谐。“待凿平江百尺井，要分清暑一壶冰”，历经人生众多磨难之后，东坡更加向往那种“一片冰心”、无忧无虑的生活。“佐卿恐是归来鹤，次律宁非过去僧”，面前的这些邻居好像非常熟悉，是曾经遇见的“鹤”，还是“僧”？东坡笔下的鹤，意象复杂而多元，既有“见鹤忽惊心”，也有“闻鹤鸣而肃然惧之”，还有“清远闲放，超然于尘埃之外”。所以东坡新居选址定在白鹤峰，除了地理条件优越，“白鹤峰”之地“鹤”的意象长存其心间，也是一大考量。东坡朋友中有很多僧人，比较有名的包括佛印、卓契顺、道潜等。东坡经常与他们探讨人生智慧、研习佛法等，还形成了自己对于佛禅的看法：作用不在于玄虚缥缈的说理，要有用于社会、民生。“他日莫寻王粲宅，梦中来往本何曾”，东坡提醒自己不要去追寻那些过往的所谓辉煌，这是他对过去的一种和解、释然。

东坡是个美食家、喜美食、喜烹饪、喜美酒，哪怕遭遇贬谪，仍旧苦中作乐，常常以酒遣怀、以酒结友。贬谪黄州时，他作《初到黄州》诗，自嘲“自笑平生为口忙，老来事业转荒唐”，喜欢“长江鱼美”“好竹笋香”。在惠州期间，东坡以生姜、肉桂做辅料酿制桂酒和真一酒，写了诗歌《桂酒颂并叙》《真一酒》。在《桂酒颂并序》中，他发出“酿为我醪淳而清”“教我常作醉中醒”的感叹。在《真一酒》中，他赞叹这种酒“拨雪披云得乳泓，蜜蜂又欲醉先生”。他曾致信给表兄程正辅说：“吾侪老矣，不宜久郁，时以诗酒自娱为佳。”在艰苦的环境中，东坡依然能发现生活中的乐趣。在儋州时，他采用酿造真一酒的方法酿酒，获得乡邻好评。在《真一酒歌》中，他写道：“酿与真一和而庄，三杯俨如侍君王。湛然寂照非楚狂，终身不入无功乡。”《白鹤峰新居欲成，夜过西邻翟秀才，二首》，虽未直接写酒，但东坡喜好酒、热爱生活的形象呼之欲出。

在惠州，东坡文风、诗风渐变。他在仕途顺利时曾经写过不少策论和史论，有较浓的纵横家风格，见解新颖而深刻，富有启发性；在诗歌创作方面，早期的东坡，喜欢“伤奇伤快伤直”“斗难斗巧斗新”，他自己也有所察觉：“字字觅奇险，节节累枝叶。咬嚼三十年，转更无交涉。”随着宦海沉浮，东坡纵横家习气逐渐减弱，不再有“乱石穿空，惊涛拍岸，卷起千堆雪”的雄浑之气，所作诗文不弄奇巧、不施雕琢，随意吐属、自然高妙。题材也颇接地气，非常世俗化、生活化，这两首饶有生活趣味的诗歌，就是代表作。

寓居惠州两年八个月，东坡交游甚广，不仅有官员、文人墨客，还有林行婆、翟夫子这样的普通民众。《宋史·苏轼传》评价：“（苏轼）居（惠州）三年，泊然无所芥蒂，人无贤愚，皆得其欢心。”林语堂在《苏东坡传·自序》中说：“苏东坡是个秉性难改的乐天派，是悲天悯人的道德家，是黎民百姓的好朋友……”联系这两首诗的创作过程来看，这样的评价是非常中肯的。

更

# 白鹤峰纵笔有续章

评《纵笔》

## 东坡原作

### 纵笔

白头萧散满霜风，小阁藤床寄病容。
报道先生春睡美，道人轻打五更钟。

## 现代译文

我生活非常困顿，头上蓬乱的白发好像秋天漫天吹拂的霜风，虚弱的身体只能躺在一座小楼的藤床上。现在，我搬到了新居。邻居们都知晓东坡先生很旷达，还能在这个春天美美地睡觉，为了不惊扰我，连道人都轻轻敲打五更的钟。

## 评析鉴赏

此诗作于宋绍圣四年（1097）二月。此时东坡已入住白鹤峰新居，结束了寓惠多年居无定所的漂泊日子，产生了少有的安定感。这是一首白描诗，文字朴实，笔调闲适，情韵俱佳，体现了诗人乐观、旷达、坦荡的胸襟。

“白头萧散满霜风，小阁藤床寄病容”，描写过去的困顿生活，极言身体憔悴，常常卧病在床。作为贬官，东坡在惠州“不得签书公事”，生活困顿，有时候需要朋友、邻居接济。到惠州的第一个上元夜，他过得非常窘迫，曾写诗回忆当时的困顿生活："去年中山府，老病亦宵兴……今年江海上，云房寄山僧。"他曾经向王参军借了半亩地用来种菜。蔬菜收成后，他和苏过吃得津津有味，还写文自嘲地说："吾与过子终年饱饫，夜半饮醉，无以解酒，辄撷菜煮之。"买不到肉的时候，他就和屠夫商量，把别人不要的羊脊骨卖给他。回到家，他先下锅煮，然后抹上酒和盐，再放在火上烤，香气四溢。他还兴奋地把这一"发明"写信告诉弟弟苏辙。

"报道先生春睡美，道人轻打五更钟"，东坡毕竟是见过风浪、历经困苦的旷达之士，能够苦中作乐、创造快乐。白鹤峰新居是他亲自建造的住所，坐东向西，后临东江，院内有他亲手种下的柑橘，室外绕以竹篱。房屋上梁时，东坡非常高兴，作《白鹤新居上梁文》以纪念："东坡先生，南迁万里，侨寓三年。不起归欤之心，更作终焉之计。"新居环境这般优美，东坡才会"春睡美"。

据宋代曾季狸《艇斋诗话》载，"东坡《海外上梁文口号》云：'为报先生春睡美，道人轻打五更钟。'章子厚（章惇）见之，遂再贬儋耳，以为安稳，故再迁也"。章惇是东坡的老友，也是政敌，曾经在乌台诗案中救过东坡，可又在执行新法的党派斗争中对东坡痛下黑手。他听说东坡在惠州过得如此逍遥，便借助权力之手，将其贬往更加偏远的海南儋州。第三次被贬，对东坡来说，可谓真正的"琼"途末路。

巧合的是，在儋州，东坡也写过《纵笔三首》。宋元符二年（1099），已过花甲之年的东坡病魔缠身，而且"食无肉，病无药，居无室"。是年岁末，他作《纵笔三首》。其中第一首云："寂寂东坡一病翁，白须萧散满霜风。小儿误喜朱颜在，一笑那知是酒红。"翻译成现代文，大概意思是：孤苦寂然的东坡老翁还在病中，胡须都斑白了，就像秋天里的霜风。小孩子还夸我年轻，我笑了笑，他哪里知道我是喝醉了酒，脸都变红了。下笔依然是《纵笔》的那般笔触，甚至比作于惠州的《纵笔》更加幽默、诙谐。写到自己的衰老之状，东坡在《纵笔》中讲"白头萧散满霜风”，在《纵笔三首》中讲“白须萧散满霜风”。从“白发”到“白须”，虽然只改一字，但从中亦可窥见东坡面容日渐枯槁。第二次被贬惠州，第三次被贬儋州，从“不辞长作岭南人”到“海南万里真吾乡”，更加见证东坡的乐观、旷达。如果将这四首“纵笔”诗当成一个整体，那么写于惠州的《纵笔》是“凤头”，写于儋州的《纵笔三首》则是“豹尾”，主题既一脉相承，又各有侧重。这也算是东坡对其贬谪生涯的一个诙谐、幽默的总结。南宋朱弁《风月堂诗话》云：“参寥尝与客评诗。客曰：‘世间故实小说，有可以入诗者，有不可以入诗者，惟东坡全不拣择，入手便用，如街谈巷说、鄙俚之言，一经其手，似神仙点瓦砾为黄金，自有妙处。’参寥曰：‘老坡牙颊间别有一副炉鞴也，他人岂可学耶？’”东坡这种以俗为雅、雅俗互通的创作手法，为宋诗辟出了旁逸斜出的一脉，丰富了宋诗的审美表达和审美意趣。

虽然遭遇章惇的加害而被贬天涯海角，但“眼中无一坏人”的东坡，对使自己被贬雷州的晚年章惇仍报以恻隐、同情之心。宋嘉祐二年（1057），苏轼、章惇同科考上进士，后相识。章惇因耻于名落侄子章衡之后，放弃及第机会。两年后，章惇再考，以一甲第五名成绩再次考中进士。宋嘉祐七年（1062），苏轼、章惇均受任于陕西路。据《高斋漫录》记载：“苏子瞻任凤翔府节度判官，章子厚（章惇）为商州令，相得欢甚。”他们虽异地为官，来往不多，但交流还是非常融洽的。宋熙宁八年（1075），章惇被弹劾，贬谪湖州，心灰意冷，作《寄苏子瞻》诗表达归隐田园之愿，东坡以《和章七出守湖州二首》相和，其中的“霅水未浑缨可濯，弁峰初见眼应明”之句勉励有加，情意绵绵，让章惇非常宽慰、感动。

后来，两人政见相左，东坡是旧党，章惇是支持王安石变法的新党，两党交锋激烈。宋哲宗亲政后，起用章惇为相，章惇对旧党人物赶尽杀绝。宋哲宗去世后，新党失势，章惇罢相，被贬雷州。此时，东坡遇赦北归，途中听说此事，便写信给章惇之子章援。信中说：“某与丞相定交四十余年，虽中间出处稍异，交情固无所增损也。闻其高年，寄迹海隅，此怀可知。但以往者更说何益，惟论其未然者而已。”然后，他考虑到岭南瘴疠严重，又将自己写的《续养生论》和一些药方寄给章惇。东坡的高尚人格由此可鉴！

# 从『思无邪』到『无思之思』

评《思无邪斋铭　并叙》

## 东坡原作

### 思无邪斋铭　并叙

东坡居士问法于子由。子由报以佛语，曰：“本觉必明，无明明觉。”居士欣然，有得于孔子之言曰：“《诗》三百，一言以蔽之，曰思无邪。”夫有思皆邪也，无思则土木也，吾何自得道，其惟有思而无所思乎？于是幅巾危坐，终日不言，明目直视，而无所见，摄心正念，而无所觉。于是得道，乃名其斋曰“思无邪”，而铭之曰：

大患缘有身，无身则无病。
廓然自圜明，镜镜非我镜。
如以水洗水，二水同一净。
茫然天地间，惟我独也正。

## 现代译文

遭遇大的祸患是因为有身体，没有身体就没有疾病。心胸旷达而宁静就会彻底领悟，这一面镜子、那一面镜子都不是我所需要的镜子。

就像用水去洗涤水一样，两种水混合在一起就会呈现一样的颜色。茫茫天地之间，只有我独自恪守正道。

## 评析鉴赏

此铭文作于宋绍圣四年（1097）。其时，东坡白鹤峰新居落成，他辟出书房，称作“思无邪斋”。这篇铭文就是为书房所撰的。“思无邪”出自孔子对《诗经》的评语，其意为“清纯无邪”。东坡把居所称作“思无邪斋”，可见其对精神清净、纯正、无瑕的执着追求。

“大患缘有身，无身则无病”，化用自《道德经》的“吾所以有大患者，为吾有身。及吾无身，吾有何患”。在惠州时，已经遭遇两次贬谪的东坡愈加信奉佛禅和老庄学说，早已看淡仕途、荣辱、生死。在他看来，过于在意身体和自我，念念不忘，执着把持，就是“大患”，如同《清静经》所云：“既有妄心，即惊其神；既惊其神，即着万物；既着万物，即生贪求；既生贪求，即是烦恼。”此诗前两句很好地从心物关系入手，阐发了东坡的人生皈依。

“廓然自圜明，镜镜非我镜”，化用自“镜花水月”。佛教常用“镜中花、水中月”来比喻一切都是幻象，都是不真实的。佛教中“镜”的意象常常用来说明：镜中本来无相，如同空性；镜中之相能随缘成相，表面有相，其实物体一撤去就无相；镜中之相都是欺骗人的假象，因为人们根本触摸不到；镜子触到人的无明之根，人就会生出喜悦、痛苦，进而衍生出各种烦恼，所以镜子能照破无明。因为善于“照镜”，东坡认为，要磨炼心性、摒弃杂念，就要解除身体限制而探求精神自得，以抵达“廓然”“圜明”的境界。

“如以水洗水，二水同一净”，典出宋代释道原《景德传灯录》卷二十六：“如鹦鹉学人语，话自语不得，为无智慧故，譬如将水洗水，将火烧火，都无义趣。”水本来是清净的，常以洗为功用，可去污秽，还物品以清净。但如果“以水洗水”，“二水”就会混在一起，干净程度是一致的，达不到“洗”的效果。东坡在此化用典故说明：人生遭遇各种人事，不可能一尘不染；人生有得有失、有甜有苦。要淡定为怀，通过保持内心平静和自我净化，达到一种超越世俗的状态。此处的“水不洗水”象征不依赖外在行动或改变，而是通过内在的觉知和自我调整，达到一种超越物质和精神上的纯净状态，实现自我提升，促进内心平和。

“茫然天地间，惟我独也正”，以大写意的笔触刻画了一个于尘世间巍然屹立的君子形象。“养浩然正气”一直是东坡行世、立命的信条，在一些诗词中，他也多次表明自己的心迹，如“一点浩然气，千里快哉风”“在天为星辰，在地为河岳”“挟飞仙以遨游，抱明月而长终”“是身如虚空，万物皆我储”等。这不仅是东坡旷达的心境袒露，更是其“‘穷’‘亦’兼济天下”的真实写照。

话题回到“思无邪”的主题上来。“思无邪”不仅是孔子对《诗经》的总体评价，也是孔子对于理想社会的一种探寻。以礼乐教化形式出现的先秦儒家伦理教育，包括道德教育、思想政治教育和审美教育等。“思无邪”并非仅仅要求人的思想行为必须符合社会规范，还注重引导人的内在精神境界的升华，超越物质欲望的束缚，以个体审美人格的完成契合社会道德规范的要求。按照郑玄《毛诗传笺》、孔颖达《毛诗正义》、朱熹《诗集传》的表述，“思无邪”意为“思虑纯正”“思想纯正”。富有创新精神的东坡，扬弃了儒家学说中的“思无邪”的本来含义，推崇清心寡欲、潜心清静、天人合一的理念，并从中生发出“无思之思”，将其直接作为哲理思辨，用以证道、经世、立身。联系此铭文的“引”来看，东坡打通了儒家、佛家、道家，提出“无思之思”。事实上，他在《续养生论》中也提出过“无思之思”之说：“凡有思皆邪也，而无思则土木也。孰能使有思而非邪，无思而非土木乎？盖必有无思之思焉。”这句话的大意是：每个人生活在世界上，就会有思虑，没有思虑就形同土木。谁能够做到有思虑而不会陷入功利主义和价值迷茫中，没有思虑而不会等同于土木？根本出路在于“无思之思”。从“有思”到“无思”，再到“无思之思”，这是一个心灵逐步升华的过程，是东坡对往昔“长恨此身非我有，何时忘却营营”的“有思之思”的消解，更是他面对人生磨难、砥砺而生成的睿智与哲学——宠辱不惊、超然物外、随缘旷达。在“无思之思”观念的指引之下，东坡排除了功利思想干扰，求得人生的解脱，在关怀民瘼、忧乐天下中实现人生价值，构建审美化的人生，在人格上超越传统的士大夫，最终抵达人生至境。

建中靖国元年（1101），东坡遇赦北归抵达常州，友人钱世雄和杭州径山寺长老维琳陪伴他度过了生命中最后的岁月。其间，东坡身体日渐虚弱，自感风烛残年、来日无多，便致信其弟苏辙，嘱咐他“即死，葬我嵩山下，子为我铭”。同年七月离世前三日，东坡作绝笔诗《答径山琳长老》，以偈语回答维琳：“与君皆丙子，各已三万日。一日一千偈，电往那容诘。大患缘有身，无身则无疾。平生笑罗什，神咒真浪出。”即将走到生命尽头的东坡，还念念不忘“大患”，依旧是这般旷达、从容。